행복의
충격

지중해,
내
푸른
영혼

|

행복의
충격

|

김화영
산문집

문학동네

자정의 어둠 속에도

지중해는 항상 최초의 아침이다.

내 최초의 영원한,

내 최초의 청춘이다.

이 책은 1975년 6월 민음사에서 처음 출간되었다. 소설가 김승옥이 장정한 '오늘의 산문선' 시리즈에 포함된, 나의 첫 저서였다.

그때는 아직 서울의 중심이 강북에 있었고 중요한 대부분의 출판사들은 종로의 청진동, 관철동 부근에 자리를 잡고 있었다. 나는 프랑스 유학을 마치고 갓 귀국한 젊고 겁 없는 천둥벌거숭이였다. 몸은 암울한 유신체제의 서울로 돌아왔지만 가슴속에는 여전히 지중해가 출렁거리고 남프랑스의 태양이 수직으로 내리꽂히고 있었다. 나는 그 젊음으로 거침없이 썼다.

사람들은 이 책 속에서 자유와 행복을 향해 내닫는 벌거벗은 젊음의 외침을 들었다.

그 후, 한국 학생이라곤 고작 두셋뿐이었던 남프랑스의 작은 도시 엑상프로방스에 백여 명의 한국 젊은이들이 모여들게 하는 데는 이 책도 한몫을 했을 것이다.

나이가 서른일곱이 되도록 이 책은 자취를 감추지 않고 서점의 한구석에서 꾸준히 기다리며 독자를 맞아왔다. 베스트셀러 목록에 올라본 적은 없지만 이 책은 그 긴 세월 동안 한 번도 절판되지 않았다. 이 책이 나온 이듬해 나는 결혼했고 다시 엑상프로방스로 돌아가 신혼살림을 차렸다. 그곳에서 태어난 첫딸보다 나이를 먹은 이 책을 이제 문학동네에서 더 젊은 모습으로 다시 펴낼 수 있게 되어 기쁘다.

"바다, 언제나 다시 시작하는 바다!" 언제나 다시 시작하는 젊음의 목소리가 이 책 속에서 출렁이길 바란다. 열흘 뒤면 나는 다시 프로방스로 떠난다. 그곳에서는 아직도, 행복은 습관이 아니라 충격이다. 행복은 이 땅 위에 태어난 우리의 하나뿐인 의무다.

2012년 6월
김화영

아직 '행복의 충격' 속에 서 있던 14년 전 나는 얼마나 젊었던가. 그리고 이제 다시 그 충격의 여운 속에 서 있는 나는…… 그때로 다시 돌아가고 싶어하지는 않는다. 그러나 그 충격의 아름다움을 바라볼 수 있는 '거리'는 또한 아름답다.

1989년 여름
김화영

교양이나 지식이나 견문을 넓히기를 원하는 사람들에게 이 책이 줄 수 있는 것은 거의 없다. 이 책은 또한 능률적이고 경제적인 여행안내에도 기여하지 않는다.

영혼의 깊숙한 곳에서 일찍이 꿈꾸어본 일이 없는 풍경이나 공간을 우리는 참으로 볼 수 없다. 그런 의미에서 이 책은 하나의 꿈이 어떤 현실의 풍경과 서로 만나는 사랑의 기록이다.

'지중해'는 그러므로 한 지리 공간만은 아니다. 그러나 그것은 나의 체험적 시간만도 아니다. 그 양자 사이에 창조된 자장 속에 참으로 지중해는 있다. 가득 찬 현재로 풍부하게 있다.

1975년 3월
김화영

차례

지 중 해,
나 의 사 상

나는 언제나 이국異國의 어느 도시에
아무 가진 것 없이
홀로 도착하는 것을 꿈꾸었다.
― 장 그르니에

'다른 곳'은 공간에 있어서의 미래이다. '다른 곳'과 '내일' 속에 담겨 있는 측정할 길 없는 잠재력은 모든 젊은 가슴들을 뛰게 한다.

떠난다, 문을 연다, 깨어 일어난다, 라는 동사들 속에는 청춘이 지피는 불이 담겨 있다. "이것은 모든 젊은 사람들이 가지는 최초의 욕망이다. 젊은이는 그의 소원들이 다른 곳에 가면 충족되리라고 생각하는 것일까? 행복해질 수 있고 사랑할 수 있는 장소가 이 세상의 어느 곳에 따로 있다는 말일까? 그러나 젊은이는 질문을 하는 사람들에 대해서는 아랑곳없다. 청춘은 그 자체가 자기 스스로의 정당화가 된다는 특권을 가지고 있다. 청춘은 그것이 존재한다는 사실만으로 믿을 수 있는 이유를 얻으며, 자기가 믿는 것을 증명해야 할 필요를 느끼지 않는다."

이 특권을 이해하지 못하는 때가 오면 우리들의 모든 변명에도

(지혜라든가 조심성이라든가 분별 같은 것의 이름으로) 불구하고 우리는 이미 늙기 시작한다. 두 번 다시 되풀이할 수 없는 것들의 수가 늘어나고, 속 깊은 공포감을 안락의 방 속에 감추려 한다. 그리고 늦가을 바람이 옷깃에 스며들 때면 가슴속 깊은 곳에서 무엇인가가 쓰러지는 소리를 내려고 한다.

속의 귀를 막고 그 쓰러지는 나뭇등걸의 소리를 듣지 않으려 애쓰며 등불을 켜고 지나간 시절의 빛바랜 사진첩을 연다.

아아, 이미 떠나지 않는 청춘, 문을 걸어 닫고, 책상다리를 하고 아랫목에 앉은 청춘, 잠들어버린 청춘이 그 사진들 속에 갇혀 있다. 그때 사그라져가는 불등걸 같은 가슴에 껴안아보는 '행복'이란 말 속에는 청춘이 벗어놓고 외출한 옷이 걸려 있을 뿐, '행복'은 명사가 아니라 동사라는 것을 이미 이해하지 못할 때는 너무 늦었다.

너무 늦기 전에, 겨울이 오기 전에 나는 모든 젊은 사람들처럼 떠났다. "나두야 간다. 나의 이 젊은 나이를 눈물로야 보낼 거냐"는 아마도 아름다운 시詩는 아닐지 모르나 저마다의 가슴속 진동하기 쉬운 핏줄을 두드리는 외침임에는 틀림없었다.

1969년 가을. 이 지구상에서 가장 아름다운 가을을 등으로 밀어내면서 나는 지중해를 향하여 떠났다. 그러나 그때 나는 지중해로 가는 여정이 그토록 머나먼 길인 줄은 아직 이해하지 못하였다.

우리들이 참으로 '떠난다'는 일은 쉽지 않다. 떠나는 방법은 누구도 가르쳐줄 수 없는 것이다. 수없이 떠나본 사람에게도 모든 '떠남'은 항상 최초의 경험이다. 떠나는 방법은 자기 스스로에게도 교육할 수 없는 것이다.

'미지의 것' '다른 것' '다른 곳'이 감추고 있는 '새로움'은 우리들의 모든 유익하였던 경험들을 무용하게 하는 데 그 힘이 있다. 행복을 향하여 미래를 향하여 새로운 낙원을 향하여 떠나는 자는 사실 알지 못하는 것에 대한 공포, 그 공포를 지불하는 순간에 가슴을 진동시키는 놀라움을 향하여 떠나는 것이다. 그러나 멀리 떠나면서도 절대로 떠나지 않는 자들의 시대가 이제는 오기 시작했다. 이런 시대는 그 독특한 이름을 부끄러움도 없이 내걸 줄도 안다. 관광의 시대. 오직 저마다 은밀한 영혼 속에서 회오리바람처럼 오고, 소용돌이처럼 뒤집히고, 충격과 혁명을 불러일으켜야 할 것들이 이제는 집단적으로 소비되기 시작한다.

한 생애의 방향을 바꾸어놓는 변혁의 출발이 될 수도 있는 '떠남'을 회사가 '경영'하기 시작한다. 관광안내서와 광고가 '떠남'을 조직하고 교육한다. 모든 위험, 모든 예기치 않은 일, 모든 낭비, 모든 두려움이 제거되고 예방된다. 호텔이 예약되고 왕복 여객기, 일정이 직업적으로 안정된다. 스페인의 안달루시아는 그곳이 낳은 시인 페데리코 가르시아 로르카와 마찬가지로 여행자에 의하여 발견되어야 한다.

그러나 여행자는 멸종되어가고 그 자리에 관광객이, 아니 관광객들이 관광객들의 떼들이 지불한 회비의 권리를 행사한다.

"페데리코 가르시아 로르카는 안달루시아 사람이었다. 그에게 처음 접근하는 사람이면 누구도 그것을 의심하지 않을 것이다. 첫눈에도 보이는 그의 부드러운 몸가짐, 쾌활함, 구릿빛의 살결, 청동의 목소리, 그가 꺼내는 이야기의 무사기無邪氣하면서도 섬세한 유머, 그의 다정한 서한들, 모든 것에 있어서의 그의 다양성, 피아니스트의 재주, 화가의 재주, 시 낭송자로서의 천재, 이 모두가 전형적인 안달루시아의 것, 아니 안달루시아 자체였다. 그러나 오해를 제거해야 할 때는 지금이다. 사람들은 눈에 즐거울 뿐인 안달루시아를 스페인의 특징으로 만들어버리고 그것으로 축소해버렸다. 영원히 고정되어버린 단순화, 모든 사람들을 즐겁게 하는 이 단순화는 아마도 카르멘이 유죄有罪라고 나는 어디선가 말했다. 과연, 집시들의 노래와 춤, 기타, 칸테 혼도cante jondo, 캐스터네츠, 정열적인 표현, 세빌리아의 성요聖曜, 그에

따르는 페리아 축제, 이 숱한 안달루시아의 산물들이 그만큼 많은 통속화의 성공을 가져온 셈이다. 다시 말해서 그만큼 많은 저속함을 빚어내고 말았다. 이것들은 모두 전시관의 상품이요 관광의 매력에 속할 뿐이다."

이처럼, 은밀한 속내 이야기를 구하는 여행자의 시대가 끝나고 관광객 떼들의 시대가 오는 것과 함께 우리들 속 깊은 곳에 충격과 경이와 그에 수반되는 가장 드높은 의미의 고독과 공포감도 끝이 나버린다.

이제는 이미 답사되지 않은 곳이 없는 듯싶어 보이는 우리들의 별, 자전을 하고 있다는 이 별의 도처에서 회비를 낸 모든 손님들은 안심한다. 추억도 집단적으로 저장된다. 일상의 거리에서 보는 것과 다른 찬란한 버스가 광장에 도착한다.

어느 날 하오, 호주머니에 손을 넣고 천천히 에펠탑 앞 광장을 지나가보라. 버스에서 왁자지껄 내리는 백발의 노파나 중년의 일본인들, 빠르고 익숙한 솜씨로 탑을 배경으로 가서 서고 찰칵. 코닥회사의 가벼운 사진 상자도 아사히 펜탁스의 무거운 제품도 다 같은 풍경, 다 같은 추억을 125분의 1초 만에 저장한다.

재빠른 상혼의 베네치아 사람들은 필름 값보다도 저렴한 가격으로 슬라이드 속에 곤돌라도 눈물의 다리도 산마르코 광장도,

갈레리아 델 아르테도 담아서 제공한다. 유럽의 모든 담배 가게는 천연색의 탐나는 그림엽서를 판매한다.

그럼에도 불구하고 사람들은 그래도 마지막 개별성, 마지막 '소유'를 위하여 '내가 들어가 있는 풍경', '나의 추억'을 제조하기 위하여 사진을 찍고, 그리고 일 분 후면 버스에 오르고 관광회사가 문을 닫는 시간을 향하여 떠난다.

'공간'을 담는 기계는 생산되었으나 '시간'과 '기간'을 담는 기계가 생산되지 않은 덕분에 우리는 모두 같은 추억들을 보관할 수 있게 되었다. 그리하여 우리는 인생이 살과 피와 영혼에 가장 와 닿는 시간, 내 피부를 껴안아오는 공간의 그 참다운 비밀을 맛보지 못하는 대신 '효율'과 '시간과 경비의 절약'에 성공한다. 그렇게 하기 위하여 관광회사들은 모든 '우연'을 배제하고 안락한 '기지旣知'의 필연 속으로 우리를 안내한다.

"모든 일은 예정대로 되었다." 샤르트르의 대성당 앞에서 그 장관을 바라보며 발하는 관광객의 감탄사가 이미 관광안내서에 요령 있게 표현되어 있는 것도 '예정'대로 된 것이다. 그리고는 조물주가 천지를 창조하던 일주일 동안 매일 저녁이면 하던 결산, "And it was good!"

그러나 그 어느 풍경도, 기념관도, 이국적인 거리도, 그곳에 내리는 햇빛, 부는 바람, 쾰른 시의 거대한 돔 위로 3월 하순에 내려치는 눈보라도 우리들은 소유하지 못한다. 기념사진으로도 여행기로도, 녹음기로도, 감탄사로도 소유하지 못한다. 여권에 찍힌 입국 비자로도 소유하지 못한다. 그러나 바로 소유를 버리기 위해서 우리들은 떠나지 않는가?

그 어느 하나도 소유하기를 거부하는 여행자가 생명이 불타고 있는 한 결코 잃어버리지 않는 것은 그의 속내 이야기, 그의 내적 풍경, 그의 '비밀'이다.

"우리가 안달루시아를 그곳에 몰려드는 상어 떼들, 그 상어 떼들을 맛보는 자들로부터 해방시키지 않는다면, 우리가 안달루시아를 더럽히는 모든 저속함을 씻어내지 않는다면, 우리가 안달루시아를 하나의 속내 이야기처럼 듣지 않는다면, 우리들은 결코 페데리코 가르시아 로르카를 이해하지 못하리라"라고 이 시인을 찬미하는 사람은 말한다.

그렇다. 우리들이 모든 소유로부터 참으로 떠나지 않는다면 우리의 마지막 소유, 즉 우리의 마지막 비밀은 간직되지 못한다.

그러나 참으로 떠나는 것은 두렵다. 몸이 떠난다고 해서 늘 풍경을 떠날 수 있는 것은 아니다. 내가 지중해에 도착하는 데 수년이 걸렸다는 말은 내가 나의 풍경으로부터 떠나는 데 그리도 오래 걸렸다는 뜻이 된다. 그것은 오직 공포 때문이다.

낯선 공간으로 이동하는 공포, 몸에 익은 공간으로부터 밖으로 나가는 자의 공포이다. 이 공포는, 말은 쉬우나 쉬 극복되지 않는 것인지도 모른다. 이 공포는 아마도 정신적 공포가 아니라 몸의 공포일지도 모른다. 우리들의 두뇌가 쉬 잊을 수 있다고 생각하는 공간이 사실은 우리들의 살 속에 새겨져 있다. 몸이 기억하고 있는 세계, 살이 담고 있는 공간을 우리는 떠나면서도 끌고 가기 쉽다.

이런 의미에서 우리들은 달팽이 같은 면을 가지고 있다. 떠나면서도 항상 '저의 집'에 살고 있는 그 완만한 동작의 달팽이를 가만히 지켜본 일이 있는가? 그러나 이 비유를 시인 프랑시스 퐁주는 그리 훌륭하다고 생각지 않을 것이다.

달팽이에게는 집이 따로 없다. 그의 몸의 일부가 그의 영원한 집이다. 그러나 우리들 몸이 기억하는 풍경은 저기 어느 곳에 따로 있고 그 풍경이 떠나 있는 우리들을 그곳으로 끌어당긴다. 회향병이니, 고향이니, 조국이니, '나의 집'이니 하는 것들은 떠나 있는 자들을 끊임없이 떠나지 않게 하는 구심점이다.

그러나 달팽이는 세상의 어느 곳에서도 '저의 집' 속에 있고 어디를 가나 저의 고향, 저의 조국 속에 살고 있다. 그래서 그의 집은 주소가 없다. 달팽이는 쉬 떠나지 못하는 붙박이, 겁 많은 여행자보다는 유랑하는 유목민이나 집시나 남사당 같은 이들에 가깝다.

달팽이의 생태를 가장 주의 깊게 관찰하고 신기하게 표현한 프랑시스 퐁주는 말한다. "도대체 저의 껍질 속에서 일단 몸을 빼낸 후에 움직이지 않는 달팽이를 우리는 생각할 수 없다. 휴식을 취하려 하자마자 그는 저의 속으로 들어가버린다. 부끄러움 때문에 그는 저의 벗은 몸을 내보이는 순간부터는 움직이지 않을 수 없다. 상하기 쉬운 저의 몸을 내보이는 순간 그는 움직이기 시작한다. 자기를 드러내는 순간 그는 떠난다."

그와 반대로 오늘날의 여행자들은 끊임없이 떠나면서도 '저의 집' 속에 들어앉아 있고 싶어한다. 움직이고 있는 동안에도 정착하고 있는 사람들.

여름철 유럽의 고속도로 위에서, 들판에서, 낯선 도시들의 외곽에서 손쉽게 만날 수 있는 '이동하는 집'(카라반이라 불리며 개인 승용차 뒤에 끌고 다니는 바캉스용의 안락한 방)은 그 좋은 본보기이다.

짐을 꾸리고, 카라반을 자동차에 매달고 집을 나서는 이 중류

월급쟁이들은 잠시 '정처 없이' 떠나는 꿈을 꿀지도 모른다.

사하라 사막을 내리쪼이는 햇빛 속으로 횡단하며 해가 저무는 시간이면 횃불을 올리고 거느린 가축을 모아 가두며 밤을 준비하는 저 유목민의 향수를 느낄지도 모른다. 그러나 '카라반'은 다만 이 상품을 시판한 장사꾼들의 시詩일 뿐이다.

고개를 넘을 때마다 새로운 위험, 새로운 두려움, 새로운 놀라움이 기다리는 저 미지에로의 여행을 이 카라반 여행자들은 사실상 거부하고 있다. 떠나면서도 제 집을 끌고 떠나는 이들의 카라반은 도시에 두고 온 아파트의 모든 풍경조차 이끌고, 아니 그 속에 들어앉아서 떠난다.

몸에 젖은 풍경, 잃어버리면 무방비 상태가 되는 풍경, 이 피난처는, 이 '정처 없는' 여행의 끝에는 따뜻한 아파트와 월화수목금토로 이어지는 행복과 정착이 있음을 쉬지 않고 확인시켜준다. 그리하여 그들의 여행은 단 한 번도 미지를 향하여 열리지 않는다. '나의 방' 속에서 '나의 행복' 위에 걸터앉아 이 부르주아들은 창밖으로 남의 풍경들이 지나가는 것을 구경하며 휴식한다.

여행이 우리에게 주는 경이, 공포, 그 철저하고 낭만적이지도 않은 고독감, 그 모두로 인하여 나의 영혼, 나의 몸속에 꺼지지 않는 것으로 확인되는 청춘을 '이동하는 집'의 주민들은 포기해버린다. 이동식 행복, 이동식 안락의 공간을 끌고 다니는 월급쟁이들이 나는 무서웠다. 카라반의 집단이 반드시 어느 날 내 청춘의 불덩어리를 서서히 눌러 끄고 그들의 관광, 그들의 바캉스, 그들의 안락을 유형무형으로 나에게, 우리들에게 강요할 것이다, 라고 나는 생각하였다.

이 무서움은 바로, 누구에게나 공유된 '떠남의 공포'가 나의 내부에도 잠겨 있는 데서 온 것인 듯싶다. 내게도 그들의 위협과 강요를 받을 '소질'이 있기 때문이었다. 바로 이와 같은 은밀한 공포가 나의 떠남을 그리도 완만한 것으로 만들었고 지중해안에 이르는 길이 그리도 먼 것이게 만들었다. 몸이 아주 멀리 떠나 있었으면서도 사실은 나 역시 나의 풍경, 나의 공간을 내 살의 깊숙이 내 눈의 망막에 안경처럼 쓰고, 월급쟁이들이 카라반을 끌고 떠나듯이 지중해안에 와 있었지만 내가 그것을 구체적으로 확실하게 의식한 것은 훨씬 후의 일이었다.

20여 년 동안 내 살이 기억하고 있는 한국을, 무명無名의 공간, 그러나 유일한 내 생의 구심 공간으로 지닌 채 열일곱 시간 뒤 나는 지구의 반대편 파리에 와 있었다. 내 공간은 흔들리기 시작하였고, 오랫동안 구경해보지 못했던 지구본의 그 추상적인 기하학을 무용하게 머릿속에서 돌리면서 파리의 거리, 여자들이 무릎까

지 오는 장화를 신고 이상한 화장품 냄새로 가득 채우며 지나가
는 그 대도시의 거리에서 문득 '미아'의 생래적 고통을 이끌고 나
는 걸어다녔다.

파리의 늦가을은 써늘하다. 이상한 일이다. 방향감각이 혼란되
면 더욱 춥다. 내가 어디에 있는지를 알지 못할 때 나의 눈은 보
지 않는다. 사물을 보는 나의 눈은 나의 밖에 있는 사물만을 보는
것이 아니라, 나 자신을 동시에 본다. 나와 사물과의 통제할 수
있는 거리를 우리는 이상하게도 친밀감이라고 부른다. 그때 내
몸은 그 친밀감을 이해하지 못하였다.

나와, 내가 건너서고 있던 예술교(퐁데자르), 나와 저 아래 검
게 번득이며 흐르던 센 강 강물 사이의 거리를 나는 이해할 수 없
었다. 오직 상하류로 터진 강물 위의 빈 공간을 쓸며 내 목덜미를
쑤시던 늦가을 바람만을 나의 살은 느끼고 있었다. 빨리 파리를
떠나서 이르고 싶었다. 이르러 정착하고 싶었다.

'정착'. 이 말은 거리를 헤매는 사람들이 목구멍 근처에 느끼는
모든 행복의 향수를 담고 있다. 파리는 내가 이를 곳은 아니었다.
파리는 내가 통과하여야 할 잠시의 기항지에 불과하였다.

파리의 리옹 역발 로마행은 밤 열차였다. 기차를 타고도 내
가 기차를 타고 있다는 것을 확인하기 위해서 나는 내 일생을

실어 나른 모든 기차들을 머릿속에서 다시 타보려고 애를 쓰고 있었다.

내 최초의 서울행 3등 열차, 어두운 역에 불빛이 지나가고 때때로 자다 깨면 아직도 이야기를 나직이 하고 있던 어른들. 침을 흘리며 자는 맞은편의 아주머니. 내가 최초로 실려가던 프랑스 종단 간선철도 위에서 아, 나는 몇 번이나 지구를 돌아 서울을, 그리고 고향을 다녀오곤 했던가!

서울로 가는 원주역쯤에서 나를 부르는 옆자리 아주머니의 목소리에 놀라 정신이 들고 보면, 차창 밖의 높은 탑에서 불꽃이 솟아오르는 것이 보인다. 두 개의 세계가 나를 잡아당긴다. 원주역과 리옹 역, 잠과 생시가 나를 잡아당긴다. 뒤늦게 '리옹'이라고 말하는 아주머니의 말이 내 이십대의 모든 불어 교과서와 「백색인」을 쓴 일본작가와 그리고 몇 해 전 프랑스로 유학 갔다는 한 친구의 이름과 함께 내 귓속에 들어와 앉는다.

파리에서 프로방스까지는 멀다. 서울에서 받은 전보에는 전보 특유의 간략한 몇 마디 속에 나의 행선지인 '엑상프로방스'라는 지명이 적혀 있을 뿐이었다. 내가 소유하고 있던 1959년도판 라루스 소백과사전은 "인구 5만 4천2백, 주교구區, 대학, 기술학교, 뛰어난 기념물…… 로마인들에 의하여 기원전 123년에 건설"로

이 도시를 설명하고 있었는데 그것이 내가 가진 나의 목적지에 대한 지식의 전부였다.

지도책을 펴놓으면, 파리에서 지중해를 향하여 내려가 마르세유에 이르기 전 작은 동그라미를 쳐놓고 긴 복합어 'Aix-en-Provence'가 쓰여 있는 것이 보인다. 그러나 기차는 어렴풋한 새벽, 이미 마르세유에 도착해버렸다. 당황한 나에게 옆에 앉은 니스행 아주머니는 설명해주었다. 마르세유에서 내려 '엑스(엑상프로방스의 약칭)'행 기차를 갈아타고 다시 조금 위로 올라가야 한다는 이야기였다.

하마터면 단숨에 로마에 도착해버릴 것만 같던 나의 의구심을 제거해주는 그 여자의 불어는 또록또록하고 완만하고 따뜻하였다. 왜 그럴까? 우리들이 기차에서 내리는 시간, 우리가 낯선 도시에 도착하는 때는 항상 무엇 때문에 박명薄明의 시간일까? 우리들의 모든 대낮은 왜 기차와 어울리지 않는 것일까? 우리는 늘 새벽에나 밤에 역에 도착한다. 심지어 대낮에 도착하였던 일도 기억 속에서는 항상 박명의 역에 빨려들어버리는 것만 같다.

해가 아직 완전히 뜨지 않은 새벽의 어렴풋한 시간, 마르세유에서 엑스로 가는 그 빨간 완행 기동차 속에서 문득 나는 길인 줄 알고 따라갔다가 남의 안마당에 도착해버린 사람처럼 민망하였다. 파리발 로마행 국제열차 속에서 나는 직업적인 장거리 여행자들 중 하나라는 보편성을 느낄 수 있었고 사람들은 저마다 잠속에 빠져 있었다.

그러나 새벽잠에서 깨어나 하루 일과의 리듬을 시작하는 이 기동차 속 승객들은 모두 저희들끼리만 낯익은 사람들 같았고, 황색 피부에 이미 국적을 써 붙이고 있는 듯한 나는 문득 이방의 틈입자였다. 수년 후에는 내 청춘의 가장 행복한 시절이 늦지 않고 잠겨 있는 곳이 될 이 소도시에 나는 이처럼 수줍고 말없이 도착하였다. 그러나 나의 도착은 무명의 것이 아니었다. 뿌연 새벽의 기차에서 내려서 고개를 떨구고 무겁게 피로한 몇 걸음을 옮겨놓을 때 내 귀에 찾아와 신기하게도 제자리에 놓이는 것은 나의 이름이었다.

개찰구에서 기다릴 것으로 상상하였던 친구 K형이 객차 앞에 와서 웃는다. 비행기, 국제열차, 기동차를 갈아타고 멀리 떠나 도착한 이국의 소도시, 예기치 않은 장소에서 문득 당신을 부르는 모국어의 이름은 기적의 목소리에 실려오는 듯싶다.

내가 처음 발 디딘 엑스 시는 나를 개선장군이나 대사大使나 귀한 손님처럼 맞이하지는 않았으나 내 귀에 가장 익숙한 한국어, 나의 '이름'으로 반겨주었다.

어느 도시나 그곳에 처음 접근하는 교통수단의 선택에 따라서 그 도시에 대한 인상은 달라진다. 장기간을 체류할 때는 후일의 생활, 일화, 되풀이된 접촉, 사랑과 고통에 의하여 그 첫인상이 변모하고 수정되겠지만, 짧은 체류일 경우에는 각 교통수단의 특유한 정서가 그 도시의 모습을 결정하는 데 중요한 역할을 한다.

가령 나의 경우처럼 국제열차를 타고 내린 마르세유는 적어도 사전의 지식이 없다 하더라도 객차의 푯말이 표시하고 있는 파리, 로마 등 국제도시의 열列 속에 이미 위치하며 역의 규모, 복잡한 선로, 내리고 타는 손님의 수와 혼잡 등이 대도시에 도착하였음을 말해준다.

어떤 도시의 관문인 기차역은 의외로 한 교통수단을 지나서 그 도시의 첫번째 표정이 된다. 그런데 가령 국제열차의 급행이 가지고 있는 규모를 버리고 조그만 기동차로 갈아타보라. 이내 당신은 어떤 대도시에 부속된 위성도시나 시골로 가고 있다는 생각을 하게 될 것이다. 기동차의 좌석 배열이 그러하고 트렁크 대신 휴대용 손가방을 든 승객들이 그러하다.

그리고 한 시간 후 선로란 왕복 두 줄밖에 없는 작은 역에 기동차를 다 비우는 한 움큼의 사람들과 더불어 홈에 내려서면 이미 당신의 공간적 위치는 머릿속의 세계지도 위에서 생략된 곳이 되어버린다. 무엇보다도 역을 통하여 도시에 도착하는 사람이 경험하는 진입의 확실한 인상은 그 움직이지 않는 건물인 역사驛舍, 특히 개찰구가 담당한다. 철도회사가 발행하는 빳빳하고 손안에 쏙 들어가는 그 승차권은 단순한 추상적 물건이 아니라 원거리에까지 나를 데려다줄 것을 보증하며 나와 동반하는 공식적인 권위, 여행에의 초대를 웅변한다.

이 작고 소중한 기차표로 인하여 오랫동안 입고 있던 자기 양복저고리에 달린 각종 호주머니들의 다양한 구조를 처음으로 확인한 경험을 가진 사람들도 있다.

고이 간직한 유가증권을, 아직 더 먼 곳으로 가는 데도 소용될 것만 같은 이 차표를 돌려주어야 하는 곳, 그리하여 최초로 나의 여행이 끝났다는 것을 인식하게 하는 곳이 개찰구이다.

기차표의 반환에 덧붙여 새로운 도시로의 진입을 상징적 이상으로 실감케 하는 것은 검표하는 역무원의 제복이다. 이 제복은 도시에 처음 접근하는 사람에게는 철도회사의 직원이라는 신분 표시 이상으로 마치 도시의 성문을 열어주는 수문장과 같은 역할을 한다.

도시의 밖과 안을 단절하는 개찰원은 우리를 내려놓고 다시 여행을 계속하기 위하여 떠나버리는 버스의 승무원과는 얼마나 다른가! 특히 엑스 시에 버스나 자동차를 타고 도착하는 손님과 기차를 타고 도착하는 손님은 중요한 인상의 차이를 발견한다.

뱀꽃과 백일홍과 몇 그루의 무궁화를 덧없이 가꾸는 한국 시골의 간이역을 아는 손님은 엑상프로방스의 조그만 역사로 인하여 시골에 도착했다는 생각을 할 터이고 손바닥만한 광장을 건너 왼쪽의 돌담을 떠나보내며 작은 카페의 테라스에 드문드문 나앉은 사람들 곁을 지나 빅토르 위고 로路를 따라 무거운 가방을 이끌고 나아가는 여행자는 단지 흔한 도시에 도착하였다고 여길 것이다.

그러나 버스를 타고 고속도로를 통과하여 "이제 당신은 엑상프로방스 시에 도착합니다. 여기는 독일의 아름다운 튜빙겐 시와 자매 도시입니다"라는 푯말을 채 읽기도 전에 순식간에 시의 심장부인 해방광장(플라스 드 라 리베라시옹)에 당도해보라. 드넓은 광장 한복판에 3층의 크고 드높은 분수, 그 위로 영원히 푸른 프로방스의 하늘을 등에 받들고 이제 막 목욕을 마치고 일어서는 반라 여인들의 조각상들, 그 아래 세차게 떨어지는 물줄기에 흐드러진 갈기를 털고 일어나며 포효하는 듯한 청동의 사자들, 아름드리 플라타너스가 길 양옆으로 늘어서서 흐드러진 잎새로 하늘을 덮는 쿠르 미라보의 드넓은 포도鋪道를 천천히 걸어올라 그 왼쪽에 수없이 많은 어느 카페테라스 의자에 지친 몸을 앉혀보라.

아아 나는 프로방스의 심장에 도착하였다, 라고 속으로 나직이 속삭여보라. 그리고 고개를 들어 당신의 두 눈 속으로 저 햇빛, 저 하늘이 속으로 천천히 흘러들게 해보라.

그 햇빛을 타고 플라타너스 잎새 속에 자욱이 날아다니는 새소리가, 청명한 새소리가, 기나긴 여행 동안 당신의 귀청 속에 남은 자동차의 엔진 소리를 천천히 닦아낼 것이다.

청동의 사자상, 반라의 여인 조각상, 해묵고 넓은 쿠르 미라보의 장관이 주는 이 대단한 첫인상에도 불구하고 당신이 만약 거대한 역사의 유물, 박물관, 대도시 환락가 등을 찾아다니는 관광객이라면, 엑스 시는 이제 당신에게 더 줄 것이 없다. 해방광장과 쿠르 미라보로 당신의 엑스 시의 '관광'은 대체로 다 끝낸 셈이다.

카페에서 잠시를 보낸 후 다시 차를 타고 가령 아를이나 님의 원형극장과 다른 로마의 유적을 둘러보거나, 돈냄새와 앵글로 색슨형型의 사치를 햇빛 속에 전시한 칸, 니스의 리비에라를 구경하기 위하여 떠나는 편이 효율적이다.

관광안내서가 소개하는 생 소뵈르 대성당도 건축의 전문가가 아니라면 노트르담이나 샤르트르의 대성당을 구경한 후에는 헛된 노력이 될 것이며, 이 도시에서 은행가의 아들로 태어난 화가 폴 세잔의 생가를 고생스럽게 찾아간들, 우선 굳게 잠긴 대문의 손잡이를 몇 번이고 잡아 흔들어야 메마르고 키 큰 여자가 나와 당신을 안내한 후 입장료 1프랑을 요구할 것이고, 2층 화실에 오르면 평범한 방 하나에 낯익은 그림 하나 전시된 것 없고 다만 몇 통의 친필 서한이 먼지 앉은 유리 상자 속에 전시되어 있을 뿐 창턱의 이곳저곳에 썩히고 있는 수많은 사과들이 막연하게나마 세잔의 정물화들을 연상시킬 뿐이다.

혹 서울에 두고 온 친구 화백에게 동봉할 기념물로 사진 한 장이라도 찍으려고 해보라. 그 깡마른 키다리 여자는 당신에게 사진을 찍을 권리를 허락하기 위하여 다시 1프랑을 '규정에 의하여' 요구할 것이다. 그러나 당신에게 남은 얼마간의 시간 여유가 있거든, 그리고 애써서 물어물어 찾아온 그 언덕바지 길의 피로를 풀고 싶거든 세잔의 집에서 바로 대문 앞에 가지런히 놓인 마당으로 나서서 눈앞을 자세히 살펴볼 필요가 있다.

수목이 자욱한 궁릉 아래로 보일 듯 말 듯한 좁은 길이 나 있을 것이다. 그리고 작은 숲길을 따라가면 아담하고 친근한 정원의 숲 속에 문득 공터의 풀밭이 나타날 것이고 그 고요한 가운데에서 당신은 문득 혼자가 된다. 당신은 서양사람들에게 항상 성역과 같은 누군가의 '사유지'에 허가 없이 침입한 것이 아니라 오히려 모처럼 만에 세잔의 담장이 보호해주는 아늑한 뜰 안에서 한가로움을 맛보고 있음을 알아차리고 안도하여보라.

벼락부잣집 정원의 값비싼 정원수, 발도 들여놓기 거북하게 손질한 잔디밭은 당신에게 멀다. 항상 기하학적인 대칭을 이루는 층계나 체육대회의 카드섹션처럼 기하학적 무늬를 다져 꽃을 심어놓은 프랑스 특유의 지나치게 인공적인 조원가造園街에서도 당신은 멀리 있다. 때때로 나는 주머니 속에서 1프랑짜리 은화를 잘랑거리면서 세잔네 정원을 찾아가 호젓한 저녁나절을 보내곤 하였다.

내 어린 시절 동네의 문중 정자의 잠긴 담을 몰래 넘어 들어갔을 때 오래 손질하지 않은 정원의 넝쿨 숲, 그 넝쿨 숲 속에 열리던 은밀한 붉은 열매며 이름 모를 꽃들, 다시 반쯤 열린 대문을 밀고 들어가면 텅 빈 사당 앞 깎지 않고 버려둔 잔디밭, 그때 빈집 뜰에 가득하였던 고요, 그리고 어린 가슴을 흔들던 야릇한 무서움과 침묵의 울림, 멀리서 들리는 대낮의 개 짖는 소리. 이 모든 것을 세잔의 작은 숲은 나에게 되돌려주는 것이었다.

이런 작은 구석이 문득 어느 순간 가슴을 열고 보여주는 작고 소중한 '비밀'들을 관광안내서는 말하지 않는다. 이것은 공간이나 시간의 양으로도, 역사나 금전의 양으로도 측정되지 않기 때문이다.

피레네 산맥의 '대림大林'을 여행하고 온 나의 친구는 어느 날 고요한 하오, 차를 마시면서 스페인 국경 쪽으로 면한 어느 작은 마을로 들어가기 약 1킬로미터쯤 전에 '물에 뜬 병'이라는 별장 푯말로부터 세번째 전나무에 고등학교 시절의 짝 '알렉상드르'의 이니셜인 'A' 자를 주머니칼로 새겨놓고 왔다고 말했다. 이 말을 나직이 하며 웃는 그의 웃음 속에는 세상에 아직 말해본 일이 없는 비밀을 나에게만 전해준다는 표시가 어려 있었다.

그는 과연 보름 동안 한 피레네 산맥 여행에 관해서 이것밖에 아무것도 말하지 않았다. 그때 나는 생각하였다. 스위스의 이탈리아 국경 가까운 도시 '시옹'의 높은 언덕 위에는 고성古城이 있다. 이 시옹 성 가장 높은 테라스 북쪽의 허물어져가는 벽을 향하여 소변을 보면서 내가 한국어로 써놓은 '진달래'는 오직 나의 비밀, 나의 소유임을 상기하였다.

프랑스에는 '엑스'라는 도시가 두 개 있다. 라틴어의 'Aqua(물)'에서 유래한 이 이름을 가진 두 도시는 둘 다 물의 도시, 즉 온천

수, 약수의 도시이다. 하나는 프로방스의 '엑상프로방스'요, 다른 하나는 스위스의 국경에서 멀지 않은 '엑스레뱅'이다.

낭만주의 시대의 대大시인 라마르틴이 시 「호수」를 쓴 부르제 호반의 엑스레뱅은 전나무가 우거진 북쪽의 마을이지만 엑상프 로방스는 석회질 많은 바위산에 소나무가 자라는 빛 밝은 남프랑 스의 고도古都이다.

파리에서 누군가에게 'Aix(엑스)'를 아느냐고 물으면 그는 물 론 엑상프로방스를 머리에 떠올린다. '아름다운 도시' '다정한 도시'라고 대답하는 파리 사람들의 표정 속에는 꿈과 선망이 담 겨 있다. 그 꿈은 어느 여름 오후를 보낸 쿠르 미라보의 카페, 그 늘지고 조용한 구시가의 작은 골목에로의 산책, 벤치 위에 내리 는 햇빛의 반점들, 서점에서 만난 초록빛 눈의 처녀, 부활절 무 렵부터 늦봄까지 피는 코클리코 붉은 야생화, 자동차로 십오 분 이면 항상 눈앞에 출렁거리는 지중해, 근교의 푸른 하늘을 물들 일 듯한 보랏빛 라벤더의 광활한 고랑들, 언덕배기에 자욱한 향 료 텡(타임)의 그윽한 냄새, 토르네 성으로 넘어가는 언덕길, 양 옆의 숲 속에 드문드문 자리잡은 하얀 별장들, 작열하는 태양에 빛이 바랜 붉은 기와, 시 인구의 반을 차지하는 학생들이 이 소도 시를 가득히 채우는 영원한 청춘의 설렘, 카페의 카운터 앞에 서서 낯선 사람과 어깨를 툭툭 치며 웃으면서 마시는 차디차고 독한 파스티스, 목마른 자에게 물의 정수精髓를 맛보여주는 녹색의 박하수, 골목골목에 나직이 고요의 소리를 보태는 분수, 그리고 아, 그리고 모든 것, 은밀하면서도 다정한 것들, 바쁜 관광객들에게는 쉬 내보이지 않는 비밀들, 이 모든 기억들 쪽으로 그의 꿈은 남몰래 열려 있다.

그러나 엑상프로방스는 능률을 찾는 자, 시간이 바쁜 사람, 견문을 넓히려는 교양인, 소유의 노예들, 그리고 돈으로 살 수 있는 모든 것을 요구하는 이들에게 일체의 환상을 거부한다.

역사의 유물이나 쉬 눈에 띄는 장관, 관광안내서가 말하는 감동, 이국 풍물을 요구하는 사람들에게 그가 버스에서 내리는 바로 그 자리에서 엑스는 알몸을 벗어 보이고 나서 이제 그만 떠나라고 권한다. 물론 햇빛에 굶주린 음산한 북쪽 사람들, 대도시의 하염없이 흐린 하늘과 영원한 가랑비에 지친 사람들은 "햇빛!"이라고 목젖을 떨며 프로방스의 하늘을 쳐다본다.

누구나 영원한 봄, 영원한 여름을 프로방스의 자산이라고 말한다. 그러나 햇빛이 참으로 우리들의 눈이 아니라 프로방스의 속담처럼 '나의 삶을 노래하게 하는 것'이 되기 위해서 모든 부질없는 허영을 버릴 줄 알아야 한다. 그리고 기다릴 줄 알아야 한다.

프로방스에 내리는 각종 햇빛의 감도, 부활절 무렵 애무하는 꽃물결처럼 피부를 간질이는 햇빛, 저녁나절 가벼운 바람에 실려와서 당신의 목덜미를 쓸고 가며 벌써 저 앞에 걸어가는 처녀의 갈색 머리털을 번뜩이는 햇빛, 한여름 심벌즈를 난타하는 듯 금속성을 내며 찌르릉거리는 햇빛, 가을철 분수의 물줄기를 타고 천천히 걸어 내려오는 햇빛, 한겨울 론 강 골짜기를 따라 살을 에도록 미스트랄 바람이 불 때도 창밖에서 내다보면 언제나 '따뜻한 겨울'의 환상을 주는 노랗고 투명한 햇빛, 베란다의 베고니아 꽃 속에 자란자란 고이는 햇빛, 작은 커피 잔 위로 플라타니스 잎새들 사이로 스며 나와 짤랑짤랑 흔들리며 요령鐃鈴 소리를 내는 은빛 반점의 햇빛, 이 모든 햇빛, 이 도시의 문화, 이 도시의 청춘, 이 도시의 행복의 살 속에, 핏속에 들어와 노래하는 소리를 들으려면 우리들은 최초의 낯선 시간들을 견디지 않으면 안 된다. 지중해안의 따뜻한 가슴, 프로방스는 완전히 절망한 사람이 올 곳은 아니다. 오직 행복한 자, 아무것도 소유한 것이 없이도 이 땅 위에 태어난 것이 못 견디게 기뻐지는 자들만이 올 곳이다. 아니 적어도 많은 절망의 한구석에 아직 저 필사의 모든 생명들이 공유하는 생명의 행복감, 우리들의 건강한 육체가, 죄 없는 육체가 아는 행복감의 씨앗을 아직 죽이지 않은 자들만이 올 일이다.

행복한 사람들, 행복해진 사람들이 서로서로 웃고 입 맞추고 손짓하고 이야기를 나누는 이 마을에 절망한 자가 온다면 참으로 외로울 것이다. 참으로 행복한 사람들은 남을 '위로'할 시간은 없다. 빛 속에 누려야 할 우리들의 행복의 시간도 촉박하다. 그러나 우리는 이곳에서 처음으로 슬픔뿐만 아니라 행복도 함께 나눌 수 있는 것임을 확인하게 된다.

프로방스의 매 순간이 사실은 눈에 보이지 않는 '행복의 축제'라는 것을 이해하지 못한 사람은 아무것도 보지 못하였다. 죽어야 할 육체를 가진 인간의 가득한 행복만이 우리가 가진 진정한 조건, '비극'의 참 의미를 가능하게 한다.

이들 삶의 축제를 관장하는 두 개의 신神, 행복과 비극은 프로방스가 고대 그리스에 뿌리를 내리고 있음을 말하고 있다. 프로방스 사람들도 고대의 그리스인들처럼 말한다. "우리는 같은 강물에 두 번 목욕하지 못한다"라고.

그들은 혹은 알프레드 드 비니처럼 생각한다. "우리가 사랑할 것은 영원한 것이 아니다. 우리가 사랑하여야 할 것은 지나가버리는 것이다"라고.

그러나 프로방스 사람들은 지식인의 태態를, 철인의 태를 부리

지 않는다. 그들의 몸, 그들의 몸짓, 그들의 웃음이 그 모두를 말
한다.

내 청춘의 고향,
프로방스

고통보다 더욱 비극적인 것이
단 하나 있다면
그것은 행복한 사람의 일생인 것을.
— 알베르 카뮈

20세기를 살고 있는 우리에게 있어서 '기계문명이 초래한 해독害毒'이라는 표현은 참으로 익숙하다. 그러나 선진국일수록 이 문제가 심각하리라고 예상한 나에게 프로방스는 오히려 이 기계문명의 소외감에서 완전히 보호된 피풍 지대같이만 보였다. 아마도 태백산맥과 소백산맥이 마주치며 이룬 골짜기의 과수원에서 사철 꽃과 과일과 떨어지는 잎과 내리는 눈, 그리고 해빙…… 이 행복한 시간의 리듬 속에서 보낸 유년 시절 이래, 나는 20년 가까운 대도시 서울 생활에 절을 대로 절어 있어서, '기계문명'이라는 수입된 용어에서 비참한 시정詩情마저 느끼고 있었는지 모른다. 가령, 가로수라고는 눈 닦고 보아야 찾을 길 없는 서울. 아니 서울에서는 왜 가로수를 그리도 찾아보기 어려운 것일까? 다른 나라에서는 구경도 한 일 없는 식목일이 있고 모든 집단이 성스러운 행렬로 동원되어 도시의 가로에, 산과 들에 심은 그 나무들은 모두 어디 갔을까? 애송이 플라타너스를 심어놓고 각목으로 테두리를 하고 책임 관리자의 푯말까지 달아두었던 길가의 희망은 항시 단명하였다. '5000년 역사'의 그 마술 지팡이 같은 전통 속에 자라온 이 나라에 대규모의 궁전이나 가옥, 건물이 없다는 것은, 잦은 전쟁이 목재의 문화유산들을 쉬 불태웠기 때문이라지만, 그러면 500년 도읍지 서울에 자라던 모든 나무도 다 불타버린 것일까?

우거진 가로수, 해묵은 수목 대신에, 가령 서울은 청계천을 덮고 그 위로 하늘에 뜬 고가도로를 장만하여 드디어 차를 타지 않은 보행자들에게는 자신이 과연 지옥의 변경쯤에 와 있다고 실감하게 만들어줄 만큼 '현대화'되어 있다.

이처럼 대도시의 현대인이 되어버린 나는 때때로 먼 나라의 모습을 머릿속에서 상상해보았는데 그것은 항상 고속도로나 마천루나 값비싼 자동차 같은 것이 아니라 가령 제약회사 선전용 달력에 나오는 전나무 숲이나 그 속의 아담한 별장 같은 것이었다.

이리하여 나는 거의 20년 만에 처음으로 여권을 소지하고 비행기에 실려 지구를 돌아 비로소 '고향'으로 돌아온 격이 되었다. 그러나 프로방스가 나의 고향처럼 느껴지기 위해서는 수년이 걸렸다. 언어가 잘 통하지 않는다거나, 음식이 입에 맞지 않는다거나, 말없이 씩 웃기만 해도 내가 무슨 생각을 하고 있는지 이해하는 친구들의 그 소우주가 부재한다는 이방인 특유의 상황만이 그 이유는 아니었다.

막연히 나의 육체, 나의 감각은 이 고장의 나무랄 데 없는 풍경과 기후에 저항을 느끼는 것이었다. 까닭을 알 수 없는 불안감 때문에 나의 마음은 쉬 안정되지 않았다.

사철 밝은 햇빛이 구름을 타고 내려와 베란다 위에, 풀밭에, 거리에, 카페에 잘도 내리비치고, 소나무와 잡목림이 곳곳에 무성하며, 아름드리 가로수가 드넓은 포도 위에 그 너그러운 그늘을 드리우고, 아르크의 실개천이 엑스 시를 굽이돌며 그 빛 밝은 전원 풍경을 안고 흔들어 재우는 풍경이라고 묘사를 해놓고 보면 나의 불안한 마음은 더욱 설명하기 어려워진다.

요컨대 나는 갑자기 병풍그림이나 외국의 원색판 사진첩이나 화집 같은 곳에 그려진 행복한 풍경 속으로 나 자신도 모르게 들어오게 된 틈입자만 같아서 안절부절못하였다. 수년이 지난 오늘에 와서 나는, 그때의 얄궂은 저항감이나 불안정감은 아마도 내가 최초로 받은 '행복의 충격'이 아닐까 하고 생각하게 된다.

프로방스에 도착하기 전 나의 반생半生은 참으로 행복한 것이 아니었다. 아니, 혹 이런 표현이 허용된다면 내가 때때로 경험한 행복은 단순하지 않고 반드시 어떤 아이러니컬한 형용사가 동반된 것들, 즉 '어두운 행복' '비참한 행복' '젖어 있는 행복' '눈물겨운 행복' 같은 것들이었다.

그 당시 나에게 있어서 '행복'이란 말은 이상하게도 '안정'이라든가, 또는 죽은 자들에 대하여 신문기사들이 "좋은 남편이요 좋은 아버지였다"라고 회고하기 일쑤인 사람들의 '단란한 가정생활', 혹은 '아담한 집, 따뜻한 방' 따위와 연결되어 있었다. 그것은 잘 보호된 세계, 닫힌 공간을 뜻하는 것이었다. 거기에 한 걸음 더 나아가서 대학 시절 어디선가 읽은 장 폴 사르트르의 말, "빤들빤들한 마누라와 동글동글한 자식들을 거느린, 볼 장 다 본 녀석"의 편안하고 문제없고 의미 없는 생활과도 행복은 그리 무관한 것이 아닌 듯 여겨졌다.

안이한 생각 때문에, 다른 한편은 내 몸이 겪은 갖가지 고통과 피로, 어디다 부려야 할지 알 수 없는 고독의 짐 때문에 나는 막연히 그와 같은 행복을 갈구하면서도 그 갈구, 그 욕망에 대하여 깊은 수치심을 느꼈다. 그렇게 하여 나는 그 '눈물겨운 행복'에의 욕망을 등 뒤에 남겨놓고 떠났다. 그러나 그때 그 대안으로 다른 행복을 찾는다는 것은 불가능하였다. 나는 무엇이 행복인지 알지 못하였고 알고 싶지도 않았기 때문이다.

이처럼 무방비 상태로 도착한 나에게 프로방스는 여유를 주지 아니하였다. 여기서는 행복이 완만한 속도로 꽃향기처럼 스며나오는 것은 아닌 모양이었다. 행복의 외침으로 천지가 진동하는 듯한 이 열린 풍경, 아무것도 감춘 것 없는 전라의 풍경 속에서, 나는 오직 어리둥절했을 뿐이었다. 참으로 이곳에는 행복하지 않은 사람들, 아니 '지금' 행복하지 않은 사람들은 올 것이 아니다. 이곳은 내일의 행복을 '준비'하는 사람들이 올 곳은 아니다. 지금 당장, 여기서, 행복한 사람, 가득하게, 에누리 없이 시새우며 행복한 사람의 땅, 프로방스는 그리하여 내게는 그토록 낯이 설었다.

"자연의 재화가 지나치게 풍부한 세계가 지니고 있는 참으로 삭막한 맛을 이해하려면 아마도 알제 시에 오랫동안 살아볼 필요가 있을 것이다. 무엇인가를 배워야겠다는 사람, 교육을 받아 더 훌륭한 사람이 되겠다고 뜻하는 사람에게 유익한 것이라고는 여기에 아무것도 없다. 이 고장은 교훈이 없다. 이 고장은 무엇을 약속하는 법도 없고 여기서 무엇을 넘겨다볼 것도 없다. 이 고장은 다만 주는 것으로, 그것도 아낌없이 주는 것으로 만족한다. 이 고장 전체가 눈앞에 드러나 있고 이 고장을 즐기는 순간부터 이를 이해할 수 있다. 이 고장의 쾌락에는 낙이 없고 이곳의 희열에는 미래의 희망 따위는 없다. 이곳이 요구하는 것은 꿰뚫어볼 줄 아는 정신, 다시 말하여 위안을 찾지 않는 정신이다. 이 지방은 사람들이 신의에 입각한 행위를 하듯이 밝은 지知에 입각한 결단을 내리기를 요구한다.

자기 스스로를 키워가고 있는 인간들에게 저의 찬란한 아름다움과 비참을 동시에 부여하는 이 기묘한 고장! 감수성 예민한 이 고장 사람이면 다 누리고 있는 이 관능적인 풍요로움이 동시에 지극한 헐벗음과 일치한다는 것은 놀라운 일이 아니다. 그 자체에 쓰디쓴 맛을 지니지 않은 진실이란 없다. 그렇다면 내가 바로 가장 가난한 이 고장 사람들 가운데서 이 고장의 얼굴을 가장 깊이 사랑한다 한들 놀라울 것은 없지 않겠는가? 사나이들은 여기서 그들의 청춘이 계속하는 한 그들의 아름다움에 걸맞은 삶을 찾아낸다. 그 뒤에는 내리막이요 망각이 있을 뿐. 이들은 육체에 걸고 도박을 한다. 그러나 이들은 자기가 이 도박에서 반드시 패배한다는 것을 알고 있었다."

카뮈가 자기의 고향 알제의 물리적, 정신적 풍경에 대하여 제공한 이 술회는 정도의 차이는 있겠지만 알제뿐만 아니라 지중해 연안의 모든 나라들을 관류하고 있는 어떤 공통된 풍경이라고도

할 수 있을 것이다. 머나먼 미래를 준비하기 위하여 현재의 행복을 끊임없이 희생하며 살아온 사람들에게 지중해안의 사람들은 철부지같이 보일 수도 있을 것이다. 과거의 추억, 이미 떠나버린 사람, 이미 죽어버린 자들의 기억 속으로 저만큼 떠나 있어서 오히려 현재의 삶이 비현실적으로 느껴지는 사람들에게 프로방스 사람들은 감정이 메마른 사람들, 인정 없는 사람들같이 느껴질지도 모른다.

과연 프로방스에는 어딘가 삭막한 데가 있고 피폐의 냄새가 난다. 우거진 숲도 이 풍경들의 심장부를 특징짓는 메마르고 모진 백골의 인상을 지우지 못한다.

아침마다 잠에서 깨면 나는 빛이 가득히 흘러드는 창가에 서서 시원하게 창문을 열고 심호흡을 했다. 방 앞으로는 엑스발 마르세유행 기차를 아르크의 운하 위로 건너보내는 옛날의 구름다리가 고성처럼 굽이돌고 그 왼쪽으로 멀리 생트 빅투아르 산의 헐벗은 자태가 바라보였다. 이 석회질 많은 바위산의 백청색 모습은 항상 지극히 다감한 맛과 삭막한 맛을 한꺼번에 풍기는 것이어서 매일같이 이 산을 바라보면서도 그것을 어떻다고 형용하기 어려웠고 그 모습이 도무지 '이해'되지를 않았다. 나는 이 산을 바라보면서 이 산을 끊임없이 그리던 세잔 영감의 만년을 생각하였다. 이 바위산의 소박하고 단순한 형태 속에, 자기의 불안과 비탄을 숨길 수 있는 유일한 피난처인 깊은 현실감을 표현하고자 한 세잔은 생각하였다……

……우리들의 예술은 흘러가는 시간의 전율을 표현해야 한다. 자연을 그의 영원의 모습으로 환원시켜야 한다. 자연의 이 모든 현상 뒤에는 무엇이 있을까? 아마도 모든 것이 담겨 있거나 아니면 아무것도 없을 것이다. 진실이란 것은 그의 본질에 있어서는 움직일 수 없는 것이다. 오직 색채만이 그 진실을 표현할 수 있다. 색채는 이 세계의 뿌리이다, 라고 그는 생각하였다.

수년이 지난 오늘 나는 내가 이 산을 바라보면서 세잔의 그림을, 그의 예술을 생각하였던 것인지 아니면 반대로 그의 그림을 자주 보면서 그 그림을 통하여 산을 바라보았던 것인지 잘 알 수가 없다. 그러나 나는 이 산을 바라보면서 항상 지극히 짧은 순간 속에서만 영원이라는 것을 이해하려는 프로방스 사람들과, 세잔 영감의 행복과 비극이 가진 본질을 이해할 것만 같았다. 강렬하게 내리쪼이는 햇빛 때문에 아마도 이 고장은 그렇게도 메마른 땅으로 보이는지 모른다.

한국어로 '메마르다'라는 표현에는 긍정적인 뜻이 없다. 그러나 이 지방의 풍경, 이 지방 사람들의 감성을 부정적인 뜻을 담지 않고 표현하는 데 '메마르다'라는 말 이외에는 적당한 표현이 없다. 생트 빅투아르 산은 바로 이 메마르고 강직하고 비정한 고전古典의 감성을 물리적인 표정 속에 담고 있다.

"우리들 정신의 신전이며 제단인 생트 빅투아르의 암석이여, 에테르로 투명하게 닦이고 부푼 산이여, 새벽이 그대에게 정기를 주고 지는 해가 그대 심장에 불을 태우니 그대는 안개의 모자를 쓴 태풍을 거느린다. 생트 빅투아르여 그대는 눈에 보이는 영혼이요 살아 있는 얼굴이니, 그대 속에는 시간과 계절이 그 섬세한 표정을 비추인다. 풍경 속에 들이앉은 그대의 존재는 진정한 마법이니 아아 우리들의 눈은 흡족하여라."

프로방스에 와서 여러 번 눈을 들어 생트 빅투아르 산을 그윽이 바라본 사람들은, 혹은 병풍처럼 지평을 닫아가고 있는 알피유의 산맥을 관조해본 사람들은 예감할 수 있을 것이다. 이곳에서는 아직 멀리 떨어져 있는 그리스가, 혹은 지중해를 건너 낯선 대륙 깊숙이 파고들어가야 찾아볼 수 있는 사하라 사막이 가까워지고 있음을. 고대 그리스인의 심장은 북유럽의 음습한 낭만주의적 심장과는 달리 메마르고 단단하다.

"대지가 메마른 곳에는 가장 현명하고 가장 탁월한 영혼이 있다"라는 헤라클레이토스의 말을 후세인들은 "메마른 영혼이 가장 좋은 영혼이다"라고 번역하였다. 가장 메마르고 가장 견고한 그들의 영혼을 영원 속에 새겨두기 위하여 그리스인들은 수많은 신전과 수많은 조각상들을 깎아 세웠지만, 반면 그들은 이로써 그들의 그 건장하고 행복한 육체가 썩는다는 사실에 대한 가장 깊고 비통한 이해를 표현하였다. 알제의 젊은이들처럼 그리스인들도 행복이라는 도박을 그들의 육체에 걸었고 그 도박에서 실패하고 말 것이라는 것을 일찍부터 알고 있었다.

그래서 그들의 행복에는 희망이 없고 그들의 사랑에는 내일이 없고 그들의 기쁨에는 위안이 없다. 그리하여 그들은 매 순간 가득하고 에누리 없고 회한 없는 행복을 누릴 수 있었다. 비극적인 일생을 마치고 콜로누스에서 장님이 되어 죽어가면서 "그래서 참으로 모든 것은 좋았다"라고 결산한 오이디푸스 왕자는 그리스인이었다.

생트 빅투아르 산을 바라보면서, 나는 왠지 내가 사는 그 행복한 소도시 엑상프로방스는 사막의 한가운데 세워진 오아시스 같다는 생각을 하곤 했다. 주변에 물이 없는 것도 아니고 광대한 모래와 돌자갈의 사막이 가까이에 있는 것도 아니었다. 오늘을, 이 순간을 사는 사람들의 투철한 현재성, 뼈를 드러낸 것 같은 암석, 쥐어짜듯이 몸을 틀며 자라는 그 단단하고 강인한 올리브나무들,

건조한 땅에 자라는 소나무, 가시 같은 잎을 가득히 달고 선 향초 로즈메리, 평원에 드문드문 오직 하늘을 향해 모진 가슴을 조이며 자라나는 삼목 등 모든 요소들이 단단하고 메마른 직립의 풍경을 만들고 있기 때문이었다.

나는 생트 빅투아르 산을 오르면서 카뮈가 영원히 잊지 못할 이미지로 조탁한 도시 '오랑'의 산타크루스 바위산을 생각하였다. 사막으로 들어가는 관문인 오랑에서부터 다사로운 지중해는 끝나고 신비스럽고 야성적이고 불가사의한 태초의 세계가 시작한다고 경이감과 함께 카뮈는 몇 번이고 강조하였다. 그러나 오랑 시의 산타크루스 바위산의 진정한 모습을 가장 감동적으로 그린 사람은 카뮈의 스승이었던 장 그르니에였다. 나는 그 아름다운 구절을 읽은 이후 생트 빅투아르 산 등반을 더이상 아름답고 진실하게 그릴 수 없으리라고 생각했다.

"나는 그 산에 때때로 올라가보곤 했다. 팔레스트르에서부터 벌써 숲이 나타난다. 벌써 공간의 시작이다. 산타크루스로 인도하는 오솔길을 따라가면서 우리들은 벌써 어떤 위대한 정적이 심신을 파고드는 것을 느낀다. 도시 안에서 그토록 많은 사람들의 목소리를 듣기 위해서 소란을 피운 뒤고 보면 더욱 그러하다. 벌써 나는 쾌락으로 달떠서 빠르게 뛰는 가슴의 고동 소리며 숲의 넓고 깊은 호흡을 듣는다. 이처럼 음악도 때로는 '스타카토'로부터 '레가토'로 과도기적 과정을 뛰어넘는 수가 있다. 우리들의 사고는 곡식 단처럼 꼭 묶여 있다가 이 지점에 오면 매듭이 풀려 기쁘게 개화한다. 어쩌면 나는 이런 순간만을 살도록 태어난 것인지도 모른다. 다른 순간에는 어디서든 늘 좀 길을 잃은 것 같은 느낌이고 보면 프루스트가 말하는 이 '음악적 순간들'만을 살도록 되어 있는지도 모른다. 그런데 바로 이 순간에 문들은 제각기 닫혀버리고 얼굴들은 서로에 대한 적의에 가득 찬다. 이는 바로 우리들 자신의 진정한 임무를 다하도록 세계가 우리들을 내모는 진실한 순간이기도 하다.

나는 특히 어느 날의 등산을 상기한다. 산을 오르면 오를수록 지평선은 뒤로 물러나고 하늘은 점점 깊어지고 우선 도시가 내려다보였고 그다음에는 도시와 바다가 보였고 또 그다음에는 도시와 바다와 호수와 틀렘센 산이 보였다. 아무렇게나 던져놓은 은화의 저 무더기들이 오랑 시였다. 저 보랏빛 잉크의 껍질이 지중해였다. 은 거울 위에 뿌린 황금가루는 태양에 비치는 들판 위의 소금이었다.

나는 더 높이 올라갔고 풍경은 점점 더 확대되어 과장된 것 같을 정도였다. 나도 모르게 베토벤의 교향곡 테마들을 생각하고 있었다. 테마는 파괴의 소리를 내며 전진하고 차례차례로 우리들의 무심, 경이, 찬미, 열정을 북돋우고 압도하고 드디어는 우리들위에 군림한다. 그리하여 심취한 나머지 청중에 불과했던 우리들자신이 배우가 된다. 그 음악은 마치 우리들 눈앞에 점점 더 확대되어 열리는 공간, 더 많은 빛, 항상 더 많은 빛에 잠기는 공간과도 같다. 우리는 그때 도취감에 잠겨 전진한다. 도취감 그 자체를확신하는 도취감, 대자연과 정신이 부둥켜안게 될 때까지 목표를향하여 곧바로 전진하는 도취감에 젖는다.

여기서 우리는 멈추어야 한다. 한순간만 넘어서면 모든 것이다 깨어져버릴지도 모른다. 산타크루스 정상에 도달하기 직전 우리들은 조마조마하다는 느낌을 받는다. 이 세상에 너무나 많은것이 가득 차 있기 때문이 아니라 반대로 우리들의 정신이 멀리가지 못하고 다해버리는 것 같기 때문이다. 정신은 많은 것을 담기 위해서 만들어진 것이 아니다. 정신이 할 수 있는 것이란 측정하는 일뿐이다. 너무나 광대한 풍경은 우리들 마음을 가득 채우는 것이 아니라 우리들 속을 다 비워버리는 것이다. 그러나 산타크루스에서는 한계가 파괴되지는 않는다. 다만 우리는 이와 같은대大장관 앞에서 눈을 감고 스스로를 그 속에 몰입시켜 자연 자체가 되고 그 영향을 얻고 싶어질 뿐이다. 그렇게 함으로써 우리는 후일 그 대장관 없이도 살 수 있는 능력을 얻게 될 것이다. 왜냐하면 그 대장관은 우리들 자신이 되어버렸을 테니까."

그러나 아직 생트 빅투아르는 산타크루스가 아니요 프로방스는 사막이 아니다. 불타의 사막이나 마호메트의 사막, 혹은 강인한 유목인들의 사막은 이제 더이상 찾을 길 없다. 인간이 그 힘과 지혜를 자랑하며 구현한 지배욕으로 인하여 우리들의 별에는 신비가 점차로 감소되어간다.

대도시가 산과 돌을 허물고 수목을 정원으로 옮겨 심고 담장을 두르고 대문을 걸어 잠근다. 이 변모하는 풍경 속에서, 나는 프로방스의 신전 생트 빅투아르의 그 허연 백골의 암석만은 그 메마른 영혼의 인내력과 슬기로 하여 진정한 사막의 아름다움을 영원히 보호하리라고 믿는다. "내가 여기서 말하고 있는 것은 어떤 특이한 사막의 지리학이라는 것을 알 수 있을 것이다. 그러나 이 이상한 사막은 자기의 목마름을 속이지 않으면서 그 속에 살 수 있는 능력을 가진 사람들에게만 느껴지는 사막이다. 그런 능력이 있는 자, 오직 그런 사람에게만 이 사막은 행복의 싱싱한 샘물로 가득해질 것이다."

우리가 찾는 것은 물이 아니라 강력하고 생명에 찬 갈증인지 모른다.

"하늘 꼭대기에서 쏟아진 햇빛의 물결이 우리들 주위의 들판에서 거세게 튀어오르고 있다. 이런 소란에도 모든 것이 잠잠하기만 하고, 저기 뤼베롱 산맥은 내가 끊임없이 귀를 기울여 듣는 엄청난 침묵의 덩어리일 뿐이다. 귀를 세워 들어보면 멀리서 사람들이 내게로 달려오고, 눈에 보이지 않는 친구들이 나를 부르고 옛날과 다름없는 나의 기쁨이 커져간다. 또다시 어떤 다행스러운 수수께끼 덕분에 나는 모든 것을 이해할 수 있게 된다.

세계의 부조리가 어디 있는가? 이 눈부신 햇빛인가 아니면 햇빛이 없던 때의 추억인가? 기억 속에 이렇게도 많은 햇빛을 담고서 내가 어떻게 무의미에다 걸고 내기를 할 수 있었던가? 내 주변에서는 그래서 놀란다. 나도 때로 놀란다. 바로 그 태양이 그렇게 하는 데 도움이 되었다고, 그리고 빛이 너무나 강렬해지다보면 우주와 형상들을 캄캄한 눈부심 속에 응고시키고 마는 것이라고 남들에게, 그리고 나 스스로에게 대답할 수도 있을 것이다. 그러나 그건 달리 말할 수도 있을 테지만, 내게는 언제나 진리의 빛이었던 이 희고 검은 빛 앞에서, 나는 내가 너무나 잘 알고 있기에 남들이 마구잡이로 논하는 것은 견딜 수가 없는 이 부조리에 대하여 그냥 단순하게 내 생각을 밝혀두고 싶다. 그래도 역시 부조리를 이야기하다보면 우리는 또다시 햇빛으로 돌아오게 될 것이다."

「수수께끼」라는 제목이 붙은 산문의 첫머리에 나오는 카뮈의 이 아름다운 구절은 내가 그의 작품에서 발견한 가장 중요한 단서 혹은 열쇠와 같이 생각되었다. 부조리가 형이상학적인 개념이라기보다는 형언하기 어려운 어떤 감수성의 체계, 외계의 물적 현상과 인간의 육체가 직접 마주 닿는 지점에서 생겨나는 보다 직접적이고 육적肉的인 지혜의 표현이기 쉬울 것이라는 가정은 이미 『시지프 신화』『이방인』을 수차에 걸쳐 읽은 나에게는 거의 확신과 같은 것이었다. 그러나 소설이나 철학적 에세이의 체계 속에 편입되어 표현된 '부조리'보다도 한결 더 이 산문은 나의 지적 사고가 아니라 육체적 감성에 직접적으로 부딪쳐오기 때문에 나의 확신에 생명을 부여하는 듯했다.

처음부터 나는 '뤼베롱'이라는 광물성 산맥과 그 뒤에 이어지는 '눈부심의 응어리' '엉겨붙게 하다' '굳어지게 하다'라는 동적 이미지 속에는 쉬 보이지는 않으나 불가피한 필연적 연관성이 은밀하게 잠겨 있으리라 느꼈고, 나아가서는 '돌' '암석' 따위와 '햇빛' '열' '메마름' 사이의 상상력 연관을 은연중에 확신하고 있던 터라, 늘 말만 듣던 뤼베롱 산악지대를 찾아가 내 눈으로 보고 싶다는 생각을 하고 있었다. 그러나 다른 한편 한 작가의 작품 연구와, 그것이 모델로 삼은 인물이나 무대의 현실을 직결시키는 것을 전제로 하는 얼마간의 어리석음, 또 작품 속의 창조된 현실에 기초하여 찾아간 실제의 현실이 우리에게 주는 실망이 예견되어 나는 뤼베롱의 방문을 뒤로 미루고 있었다.

그러나 어느 날 다행하게도 우연이, 정말 우연 중의 우연이 나를 뤼베롱 기슭으로 안내하였다. 지금은 '다행히도'라고 말할 수 있지만 그 당시는 오히려 '불행히도'라고 말하는 것이 더 적합할지 모르겠다. 그것은 프로방스에 도착한 이래 나의 최초의 실연 失戀과 관련되어 있기 때문이다.

짧고 행복하였던 부활절 방학의 끝은 나에게 다시 한번 '실연 소질'을 확인시켜주었다. 프로방스에서 실연 소질이 있는 사람은 낭만주의적 경향의 지방에서처럼 그의 슬픔을 위안받을 수가 없다. 사람들은 실연을 이해하지 못한다. 사람들은 실연에 관하여 말하지 않는다. 그것은 다만 끝난 일일 뿐이다. 쉬 머무를 수 있고 쉬 떠날 수 있는 곳이 지중해이다. 과거도 묻혀버리고 미래도 계산되지 않는 것이 프로방스의 사랑이다.

지중해의 사람들은 약속하지 않는다. 과거의 추억을 반추하지도 않는다. 떠날 때 어깨를 툭툭 치며 악수를 하면 그냥 돌아서서 간다. 수년이 지나도록 편지 한 장 없는 수가 많다. 그러나 어느 날 문득 어떤 카페의 테라스에서 마주치면 씩 웃으면서 마치 잠시 전에 헤어졌던 사람처럼 말한다. 그동안 왜 그리 소식이 없었느냐고 물으면 변명하지 않고 "다 알잖아?"라고 말한다. 그것은 우리들이 항상 지중해에서 다시 만날 것을, 생명이 있는 한 다시 만날 것을 다 알지 않느냐는 확신을 뜻한다.

　지중해에서 사람들은 헤어지지 않는다. 지중해는 사람들이 만나는 땅이다. 세계사의 한 고향 지중해에는 영원한 현재만이 있을 뿐이다. 하나의 현재, 하나의 사랑이 끝나면 또 하나의 현재, 또 하나의 사랑이 항상 새로 시작한다는 확신을(이것을 고귀한 허영이라고도 말하지만) 가진 돈 후안은 지중해의 사람이었다. 광대한 평원의 한복판에 외따로 세워진 스페인 수도원의 협소한 방에 갇혀 노쇠한 돈 후안이 창밖으로 가슴을 떨며 내다보는 것은 사라져버린 사랑들의 환영이 아니라 스페인의 저 찬란한 대지, 과거도 미래도 영혼도 구원도 없는 인간의 대지, 인간이 그의 최후의 순간까지 그의 죽어야 할 운명의 육체로 껴안고 있고 싶어하는 현재, 현재의 사랑일 뿐이다.

　"바다, 언제나 다시 시작하는 바다!"라고 노래한 발레리도 지중해 사람이었다. 강물은 지나가나 바다는 남는다. 지중해 바닷가에 서면 개인은 항상 죽지만 인간은 현재에 살고, 현재에 사는

'인간'은 영원하다는 확신을 가질 수 있다.

그런 고장에서 '실연 소질'이라는 낭만주의적 경향을 가진 사람은 참담하다. 역시 헤어지는 방법 중에서 가장 좋은 것은 '그냥 돌아서서 가는 것'이라는 단순한 진리를 우리는 참으로 이해하기 어렵다. 지중해의 맑고 다사로운 물에 그대의 젊은 살을 담아보라. 알 것이다. 참으로 그대의 살은 알 것이다. 생명이 간직하는 것은 오직 새로이 시작하는 현재, 오직 영원한 현재뿐임을.

내 친구는 위로의 말을 하는 대신 나를 자동차에 밀어넣었고 빠른 속도로 달리기 시작하였다. 우리가 떠나는 차창 밖에는 프로방스의 좋은 봄바람이 떠남의 속도를 노래한다. 멀리 보이는 평원에 외로이 서 있는 시프레나무의 상승. 올리브나무의 과수원들은 반 고흐를 생각하게 한다. 가장 행복하고 가장 비극적인 수년을 프로방스에 와서 보낸 북유럽인 반 고흐의 소용돌이치는 태양, 그의 인상주의는 이 고장에서 받은 행복의 충격을 표현한 것이었다. "북프랑스에서 기차를 타고 남쪽으로 내려오다가 첫번째 올리브나무를 만나는 곳에서 너는 프로방스에 다가오고 있다는 것을 알 것이다"라고 그는 고향에 두고 온 동생 테오에게 편지하였었다.

나는 차를 달리는 친구에게 어디를 가느냐고 묻지 않았고 그도 내게 아무런 말도 하지 않았다. 우리들은 다만 프로방스의 심장, 불타는 심장 속을 끓는 피와 같이 흘러가고 있었다. 엑스 평원에서 북으로 달리는 수십 킬로미터는 비옥한 땅이지만 점차로 인적이 드물어지고 험난하며 가파르고 메마른 땅에 가까워진다. 여행자들에게는 그리 알려지지 않은 이 지역에는 어떤 위대한 고독과 때로는 공격적이라 할 고요가 깃들어 있다. 뤼베롱 산맥이 가까워 오면 일대에는 옛날 산등성이에 가득히 올라앉아 있던 인가人家들을 그 폐허로 남겨놓고 사람들은 이주해버린 지역이 나타난다.

삶은 어렵고 땅은 메마르고 즐거운 일 하나 없으며 옛 사라센 제국의 거센 침략의 공포가 유령처럼 감돈다. 그러나 여기에 아직도 잔존하는 생명, 인간들의 삶에는 실로 감동적인 데가 있다. 외형적인 치레라든가 장식적인 모든 것은 철저히 배제되고 오직 가장 필요한 것들, 가장 강인한 힘만이 요약되어 이 불모의 땅에 필사적으로 매달려 있다는 느낌이 든다.

그러나 생명의 기운이 점차로 희귀해지는 이 고장을 계속 달리던 우리들의 눈앞에 문득 아름다운 마을이 하나 나타났고 그 한가운데 신기한 고성이 하나 우뚝 솟아 있다. 동으로는 소小뤼베롱, 서쪽으로 우람한 대大뤼베롱 산줄기가 마주치는 이 거대한 무덤 같은 골짜기에 모든 소멸해버린 마을들과는 아랑곳없다는 듯이 하나의 고도古都가 그의 수십 세기에 걸친 인내력을 과시하고 있다.

도로표지판은 그곳이 '루르마랭'이라는 것을 알려주고 있었다. 나는 이리하여 뜻하지 않은 기회에 루르마랭에 왔다. 이 마을 입구의 곳곳에 복숭아꽃과 배꽃이 만발하여 부드러운 봄바람에 자욱이 흔들리고 있었다.

루르마랭이면 바로 카뮈의 묘지가 있는 곳이나. 카뮈의 작품 연구를 이제 막 시작한 나는 우연히도 그의 생애가 끝난 지점에 벌써 도착하였다. 카뮈가 뤼베롱과 루르마랭을 알게 된 것은 2차 대전과 극렬하고 고통스러운 레지스탕스가 끝난 후 대시인 르네 샤르를 알고 난 뒤였다. 프랑스 동남부의 지하운동 조직을 리드하고 있었던 시인과 콩바 조직에 가담하고 있었던 카뮈의 우정은 참으로 감동적이었다.

남프랑스의 아름다운 마을 릴쉬르라소르그 출신인 르네 샤르는 그의 고향과 뤼베롱과 방투를 카뮈에게 소개하였고 급기야 카뮈는 르네 샤르의 고향 지방에 고가古家 팔레름을 세내어 한동안 체류하기도 하였다. 1957년 노벨상을 받자 그 이듬해 그는 꿈에도 그리던 루르마랭에 시골집을 장만하게 되었다. 인기 작가가 문화의 중심지 파리에서 견디어야 하는 각종의 시간적 손실이며 가장 역겨워했던 파티며 만찬, 끊임없이 궂은비가 내리는 악천후를 피하는 데 가장 좋은 곳이었고, 이제는 더이상 돌아갈 길 없게 된 고향 알제리와 가장 가까운 햇빛의 고장이기도 한, 이 준엄하면서도 다정하고 삭막하면서도 너그러운 루르마랭은 참으로 그에게는 이상적인 보금자리였을 것이다.

그의 일생을 괴롭히던 폐질환을 다스리기에 좋은 이곳의 건조한 기후도 기후려니와 오히려 가난을 참을 수는 있어도 수도권의 메마른 인심과 북구적北歐的 어둠을 견디지 못하는 그의 어머니를 알제리로부터 모셔 오기에도 적당한 곳이었다. 그리하여 오랜 불모의 침묵에 종지부를 찍고 이제 바야흐로 '대작'의 원대한 꿈을 설계하며 그가 지금은 미완의 유고가 되어버린 『최초의 인간』을 집필하기 시작한 것도 루르마랭의 집이었다.

1959년 말 카뮈는 버리지 못할 그의 연극에 대한 집착 때문에 『최초의 인간』 집필과 병행하여 젊은 시절부터의 꿈이었던 도스토옙스키의 『악령』을 각색해 무대에 올렸다. 에르베르 극단이 공연하고 카뮈가 연출한 이 극이 파리의 앙트완 극장에서 유례없는 성공을 보이자 극단은 지방 순회의 길에 올랐다. 랭스 시의 공연에 이어 로잔에 도착하자 카뮈는 소설 집필을 위하여 루르마랭으로 돌아갔고 극단이 다시 마르세유에서 막을 올리자 북아프리카 공연 때나 다시 만나기로 하였던 카뮈는 남몰래 관중들 속에 섞여 앉아 연극을 은밀히 관람하였다. 그를 관중들 속에서 발견한 신문기자들이 찍은 사진이 그의 마지막 사진이 될 줄은 그때 아무도 알지 못하였다.

1960년 1월 4일, 월요일 오후 1시 55분 상스에서 파리로 가는 국도 위를 지나가던 행인은 '끔찍한 소리'를 들었다. 자동차 한 대가 가로수를 받고 부서졌고 그 차의 뒷자리에 앉았던 한 승객이 즉사했다. 그의 주머니에서 확인한 이름은 나이 마흔여섯의 작가 알베르 카뮈였고 다른 주머니에서는 사용하지 않은 그날의 파리행 기차표가 발견되었다.

"끔찍한 소리! 끔찍한 소리 한 번으로 모두가 끝났다. 그리고 그는 어린 시절의 기쁨으로 되돌아가버렸다! 그의 웃음을 당신들은 기억합니까? 그는 때때로 뜻 없이 웃곤 했지요. 아, 그는 얼마나 젊었던가! 그는 지금도 웃고 있을 것이다. 얼굴을 흙에 묻고 지금도 웃고 있을 것이다!"

이것은 극 〈정의의 사람들〉에서 막이 내리기 전 도라가 그의 연인 야네크의 교수형 소식을 접한 직후에 토해내는 절규이지만,

모든 사람들은 생애 절정에 이른 카뮈의 죽음 앞에서 이 절규를 상기하였을 것이다. 그러나 그날 저녁 투르쿠앵에서 극단은 공연을 계속하였다. 『악령』의 무대 위에서 절름발이 마리아, 미친 마리아, 마리아 리바드킨은 떨어지는 트럼프 카드를 가리키면서 "아, 죽음! 죽음이 보인다!"라고 외치고 있었다. 연출자가 이 세상을 떠나버린 그날 밤.

카뮈가 세상을 떠난 후 사흘 동안 순회공연을 계속하던 극단은 생전의 카뮈가 루르마랭에서 보낸 편지들이 뒤늦게야 차례로, 그들이 도착하는 무대로 배달되는 것을 받아보았다. 카뮈는 아직도 루르마랭에, 그 햇빛 속에 살아 있다는 듯이 쓰고 있었다.

"용기를 내십시오. 열심히 일하십시오. 나는 당신들을 잊지 않습니다. 나는 당신들이 가는 곳에는 항상 함께 있습니다."

나는 미신가는 아니지만, 그러므로 아마도 우연히 참으로 우연히였겠지만, 우리들이 탄 자동차가 무작정 들어선 동네의 어느 외딴 곳에서 고장이 났다. 내 친구가 자동차 엔진을 점검하는 동안 나는 내 앞의 볕바른 담장을 따라 걸었다. 잠시 후 내가 그 담이 바로 이 마을 묘지의 담장임을 깨닫고 그 입구에 섰을 즈음, 여덟 살쯤 먹어 보이는 귀여운 한 소년이 환한 웃음을 지으면서 다가왔다. 그의 품 안에는 화사한 금빛 수선화가 한 아름 안겨 있었다. 나는 그 묘지가 혹 카뮈의 무덤이 있는 곳이 아닐까 하여 소년에게 물어보았다.

"카뮈가 누구지요?"라고 반문하는 소년에게 나는 다만 어디에서 그 많은 꽃들을 꺾었느냐고 물었다. 소년은 기쁨에 찬 얼굴로 묘지 옆 들판에 한없이 많다고 자랑을 하면서 그 꽃을 좋아한다면 내게 다 줄 수 있다고 했다. 프로방스에는 꽃향기가 물결치는 봄일 때 아직 눈보라가 치던 북부 독일의 부활절 여행, 그 추위 속에 간간이 피던 이 황색 수선화는 나로 하여금 얼마나 프로방스의 햇빛을 생각나게 하였던가!

나는 그 꽃을 선물받아 안고 묘지 안으로 들어갔다. 소년은 무덤 같은 것은 아랑곳없다는 듯이 다시 저쪽 꽃밭으로 사라졌다. '나의 사랑하는 남편에게' '우리들의 영원한 친구에게' 등의 헌화 장식이 어지러운 묘지에는 햇빛이 가득하였고 곳곳에 시프레나무가 바람을 막고 있었다. 그 해묵은 묘석의 열列을 지나 왼쪽 담장 가까운 볕바른 곳에 향기로운 로즈메리가 자욱이 덮인 곳에 소박하고 평범한 묘석이 하나 놓여 있고 그 위에 '알베르 카뮈, 1913~1960'이라는 내용만이 비바람에 닦여 희미하게 보일 뿐이었다.

묘석 앞에는 빈 항아리가 마치 내가 얻은 노란 수선화를 기다리기라도 했다는 듯이 놓여 있었다. 벌 떼들이 보랏빛 로즈메리의 향기를 찾아와 웅웅대는 그 묘석 앞에 앉아 나는 카뮈가 그의 산문집 『안과 겉』 속에 그린 그의 할머니의 장례식과 묘지를 떠올렸다.

"그때는 햇살이 비치던 아름다운 겨울날이었다. 하늘의 푸른 빛 속에서 노랗게 빛나는 추위가 느껴지고 있었다. 묘지는 시가지를 굽어보고 있었으며, 마치 젖은 입술처럼 빛을 받아 진동하는 항만 위로 아름다운 햇빛이 투명하게 내리비치고 있었다. (……) 누구에게나 다 찾아오는 죽음, 그러나 각자에게는 저마다의 죽음. 하여간, 그렇기는 해도 역시 태양은 우리의 뼈를 따뜻하게 덥혀준다."

그 산문이 「아이러니」라는 표제를 달고 있다는 생각을 하면서 나는 무거운 돌 밑에 잠든 죽음을 지워버리고 싶었다. 모든 사람에게 반드시 오는 죽음. 그러나 카뮈에게는 카뮈의 죽음. 지금 나의 뼈를 덥히는 루르마랭의 따스한 햇빛. 후일 파리에서 카뮈의 부인 프랑신 카뮈를 만났을 때 나는 이 우연한 묘지의 방문 이야기는 하지 않았다. 그 부인은 마치 카뮈가 잠시 외출중인 듯이 말을 하고 있었다.

이 우연한 방문 이후 나는 여러 번 루르마랭을 찾아갔었다. 마을 한복판에 우뚝 솟은 고성은 내가 속하였던 엑상프로방스 아카데미 소속이어서 때로 우리들은 학위반 세미나의 첫 시간을 그 성 안의 한 방에서 가지기도 하였고, 후일 소개받은 안 부인이 카뮈의 기념 도서실을 열고 있는 곳도 바로 이 성이었기 때문이다. 사방에서 세차게 부는 바람의 매질에도 굳세게 견디어왔고, 생트마리드라메르의 축제 때면 세계 각처에서 성지순례차 지나가다가 습관적으로 머무는 집시들에게 내맡겨져 유린되곤 했던 이 성이 험준하고 살기 어려운 골짜기에서 꿋꿋이 버티어 서 있는 모습은 참으로 감동적이다. 성벽 주변에는 봄마다 코글리코가 핏빛으로 낭자하고 황색 수선화도 봄마다 잊지 않고 피지만 그 후 나는 그 꽃다발을 내게 준 소년을 다시 만나지 못하였다. 그 소년도 지금은 중학교에 들어갔을 터이고 카뮈가 누구인지를 알게 되었을 것이다.

언제나 언제나 나의 정신 속에는 프로방스라는 다정한 이름과 함께 노란 수선화와 그 꽃같이 신선한 소년의 웃음과, 다른 한편 그 행복, 그 유열愉悅 속으로 문득 찾아오는 '끔찍한 소리', 비바람에 삭은 돌 밑에 젊은 얼굴을 땅에 묻고 어린 시절로 되돌아가버린 죽음이 한데 엉켜 있을 것이다. 인간이 쉬 와서 머물고 쉬 사랑하고 그리고 문득 떠나버리는 땅을 우리는 아마도 낙원이라고 부르는지도 모른다. 인간의 낙원에는 꽃과 죽음이 함께 햇빛을 받는다.

내가 처음 모롱 부인을 알게 되었을 때 그분은 내게 단순히 불문과의 사무장 겸 강사에 지나지 않는 사람이었다. 나의 지도교수였던 레이몽 장이 그를 소개할 때도 그 이상의 말은 하지 않았다. 그리고 얼마 후 조용히 이야기할 기회를 가지고 나서야 비로소 그분이 내가 대학 시절에 대단한 놀라움을 가지고 읽었던 심리비평의 대가 샤를 모롱 교수의 부인임을 알게 되었다. 엑스 대학에서 오랫동안 교편을 잡고 있던 모롱 교수는 이미 2년 전에 작고하였고 부인이 지금은 그의 위업을 이어 심리비평을 강의하고 있었다.

프로방스에서 14세기 이래 명문이었던 집안에 태어난 모롱은 2차 대전 때 장님이 되었으나 넓은 품성과 인내로 그 장애를 이겨내고 『고정관념적 메타포에서 개인적 신화에 이르기까지』라는 대저大著를 발표한 후 학계에 센세이션을 일으킨 것을 비롯하여 라신, 말라르메, 보들레르, 반 고흐 등과 함께 대가로 손꼽히며 동시에 르네 샤르, 피에르 에마뉘엘 등과 친숙하게 지냈던 시인이기도 하였다.

신체적 장애를 가진 이 노학자에게 있어서 모롱 부인은 철저한 분신, 특히 그의 눈이었고 보면 오늘날 부인이 심리비평을 강의하는 것은 그저 학문 계승의 차원만이 아닐 것이다.

내가 프로방스를 단순히 외면外面을 지나, 더 깊숙이 사랑하게 된 것은 모롱 부인과 후일 나의 친구들이 된 그의 아들 삼형제 클로드, 니콜라, 세바스티앵 덕분이었다. 내가 처음으로 모롱 가家가 살고 있는 고도古都 생레미드프로방스를 방문한 것은, 얼른 보기에는 따뜻한 햇빛이 가득 내리고 있었지만 세찬 미스트랄 바람이 우리들이 탄 되슈보 자동차를 허공에 들이 올릴 것처럼 불어대는 2월 하순이었다.

엑스에서 서북쪽으로 약 60킬로미터 떨어진 생레미로 가는 길은 프로방스 특유의 그윽한 소로小路, 갈대를 엮어 만든 방풍벽과 과수장, 띄엄띄엄 보이는 산정의 촌락, 옛 풍차들, 유서 깊은 교회들, 아득한 방목의 평원들, 해 질 녘이면 부끄러운 듯 빨갛게 타오르는 거대한 저녁 해가 끝없이 따라오는 지평선, 멀리 보이는 고독한 시프레나무의 정경, 모든 것이 자연과 외로움과 눈물이 흐를 것 같은 지상의 행복을 말하고 있었다.

고도古都 아를에서 그리 멀지 않은 이 지방은 기원전 3세기의 골족과 그리스인의 유적이 낳은 곳이며 유명한 로마 유적인 개선문과 모졸레 기념물은 벚꽃이 가득 핀 그 언덕에 우뚝 솟아서 지나간 지중해 문명의 광영을 말해준다. 모롱 가는 바로 개선문과 모졸레에서 약 20미터 떨어진 반 고흐 가 73번지에 있다. 그 후 나는 여러 차례 그 댁을 방문할 기회가 있었고 그때마다 나는 모롱 부인, 혹은 세바스티앵과 함께 집 뒤의 언덕바지에 올라 반 고흐가 그 광란의 시절에 그림을 그리고 혹은 치료를 받았던 당시의 정신병원(수도원을 겸한 곳) 생폴의 뒷길을 지나 로마 시대의 글라눔 폐허 길을 산책하곤 하였다.

일본인 친구 마사오와 함께 일주일을 보내며 바그너의 음악과 니체를, 카뮈와 사르트르를, 에도 시대의 일본 미술과 노자의 이야기를, 토스카나의 여행담과 프로방스의 대시인 미스트랄을 이야기하던 곳도 그 산책길에서였고 카뮈의 전문가 장 사로키 교수와 첫 대면을 하였던 것도 생레미의 그 감동적인 암석과 소나무들 우거진 산책로에서였다. 나는 모롱 가의 드넓은 뒷마당에서 세바스티앵에게 남프랑스 특유의 쇠공놀이(페탕크)를 배웠다.

그 집의 큰아들 클로드는 고전문학도로 오늘은 대학교수 자격을 얻었지만 동시에 그가 그의 아버지에게 물려받은 것은 단순히 심리비평의 이론만이 아니어서 프로방스 전래의 전통음악에도 흔하지 않은 대가가 되었다. 음악 의식이 지금은 드물어졌지만

"부활절은 1년 내내 오지만 성탄절은 1년에 단 한 번"이라는 속
담이 있듯이 그 대단한 성탄절 때면 이 지방 특유의 의식이 집행
되고 그때 전통적인 악사의 예복을 입고 북을 치는 그의 모습에
는 프로방스 사람, 지중해 사람의 진지함과 긍지가 담겨 있다.

론 강의 대하가 오늘날에는 대교大橋로 연결되어 있지만 생레
미에서 멀지 않은 타라스콩에 가보면 프로방스는 프랑스의 예속
에 쉬 말려들어가지 않는 독자적이고 고유한 긍지를 완강하게 지
키고 있음을 알 수 있다.

강 건너에는 프랑스가 변경을 지키며 침공을 노리던 보케르의
성이 있고 타라스콩 강안江岸에는 루이 성왕의 치하에서 행복을
구가하던 프로방스의 성이 있다. 프랑스가 프로방스를 합병한 뒤
에 그의 고유한 언어 '프로방살'을 소멸하기 위하여 취했던 악랄
한 정책이며 그에 수반된 모멸의 일화들을 모롱 부인이 내게 들
려줄 때 나는 일본인들이 한국어를 소멸하기 위하여 자행한 각종
욕스러운 방법을 상기하였다.

단테가 처음 『신곡』을 쓰려고 결심하였을 때 애초에 생각한 언
어가 프로방살이었다는 사실도, 후일 노벨문학상으로 세계적인
명성을 얻은 미스트랄의 감동적인 시도, 오늘날 프로방스 지방의
서점에 간혹 보이는 프로방스어 소설들도 흘러간 시절의 어쩔 수

없는 추억이 되고 만 이 문화, 이 언어의 진면목을 되찾지는 못하고 있다.

모롱 부인의 소개를 받아서 알게 된 프로방스의 대시인 막스필리프 델라부에는 미라마스에서 살롱드프로방스로 가는 길목의 어느 평원 외딴집에서 농사를 짓고, 지나는 자고새를 사냥하여 귀한 손님에게 대접하며, 때로 근처의 작은 호수에 미스트랄 바람이 찾아와 일으키는 파도를 구경하러 가고, 아니면 벽난로 옆에 앉아 향기 좋은 올리브나무를 지피고 곰방대를 피우며 늙어가는 그의 아내의 주름살을 센다.

그는 나를 바라보면서 "나는 당신이 동양에서 왔기 때문에 좋아하는 것은 아닙니다. 당신이 많은 공부를 했기 때문에 좋아하는 것도 아닙니다. 당신이 시인이기 때문에 좋아하는 것도 아닙니다. 당신이 젊기 때문에 나는 당신을 사랑합니다. 나는 당신의 청춘에 깊은 질투를 느낍니다. 많은 사람들이 다 소유하는 것이라고 해서 청춘이 흔한 것은 아닙니다. 청춘보다 더 높은 긍지는 없습니다"라고 말했다. 그는 최근에 간행한 그의 시집 두 권을 나에게 주면서 "늙은 나무가 젊은 태양에게 바침"이라고 서명하였다. 나는 내 반생 동안 이보다 더 큰 찬사를 받아본 일이 없다.

어둡고 광막한 천지에서 떠올라, 화덕에서 꺼낼 때의 빵처럼 따뜻하게, 태양 아래 둥글게 익은 새로운 대지가 적당한 윤곽으로 태어났다. 햇빛의 따뜻한 둥지 속에서 대지는 계란처럼 반드러웠다.

나는 내 아버지의 얼굴을 보듯이 내 첫번째 새벽 햇빛을 보았다. 포도 알이 저의 황금의 즙으로 부풀기 위하여 빛의 줄에서 자양을 취하듯이, 나의 가슴은 태양을 먹고 자랐다.

그러나, 에브여, 나의 아름다운 에브여, 첫번째 황혼에 얼굴은 차츰 지평선 쪽으로 떨어지고, 내가 '능금나무'라 불렀던 나무 속으로 떨어지고, 성숙의 시기가 다하여, 피를 흘리는 거대한 태양이 나뭇가지에, 그 가지들이 엉킨 매듭 위에 걸려 있도록 운명은 제하였으니,

우리들 잇자국을 간직한 과일, 죽은 가지들 끝에 살해당하여 떨어진 머리.

깨물린 나의 심장 속에, 모든 것은 내 불타는 고통을 말하니……

에브여, 살의 나무는 그 과일을 달고 나의 충동, 나의 희망 속에서 새로운 수액을 얻으리라, 내가 피를 잃어버린 그곳에서

벌써 내 앞에 선 내 나무 그림자!

땅과 하늘 사이에서 산 내 삶의 영상

깊이 뿌리 박은 줄기며 짧게 잘린 실가지,

하늘을 부둥켜안으려는 욕망이 되고 싶은 모진 가지들의 이중의 몸짓, 오, 새들을 부러워하는 너무 짧은 내 두 팔이여!

에브여, 벌써 내가 살 속에 지고 있는 십자가,

벌써, 십자가가 된 내 몸 기둥의 뼈들 그리고 욕심 많은 나의 두 팔이 대공으로 뻗으며 만드는 가지들!

벌써, 가지가 잘리고, 내 흰 손의 잎이 떨어지고, 내 굳센 육체가 버려진 빈 자국,

벌써 나무가 쓰러지는 곳에 나무의 그림자……

내가 그 노시인의 잡은 손을 놓고 자갈 많은 평원 길을 따라 멀리 나오도록 그는 대문 앞에 나서서 이쪽을 보며 곰방대를 피우고 있었다. 그는 떠나는 나의 뒷모습을 보고 있는 것이 아니라 저물어가는 프로방스의 마지막 황혼을 보고 있었다. 자고새들이 한 무리 하늘을 가로질러 떠난다. 그의 두 눈은 새들을 부러워하며

그 나뭇가지처럼 하늘과 햇빛과 대지를 다 껴안고 싶어했다.

엑스로 돌아오기 전 나는 그 근처라고 생각되는 알퐁스 도데의 풍차를 찾아가보려고 마음먹었다. 해가 조금 기울었으나 나는 어쩌면 그 풍찻간에서 생자크의 길이라고 도데의 편지가 말하던 별들을 볼 수 있을지도 모를 일이었다.

해 질 녘이 되면 프로방스에서는 우주가 보인다. 둥근 세계가 보인다. 황혼 녘의 들판은 과일처럼, 잘 익은 빵처럼 둥글어진다. 낮에는 늘 '나'만을 생각하던 우리가 저녁 시간이면 나에게서 떠나 시선을 멀리 던지기 때문이다. 그때는 내가 세계를 끌어당기는 것이 아니라 내가 세계의 속으로 들어간다. 당신은 기억하는가. 또 하나의 프로방스인人, 가장 뜨거운 열정과 사랑과 삶의 충동에 불타던 작가 장 지오노를?

"하루해는 어둠의 혼란된 시각에서 시작하고 끝난다. 하루해의 모양은 길지 않다. 화살이나, 길이나, 인간의 경주처럼 어떤 목적을 향해 가는 긴 모습이 아니다. 그것은 둥근 모양을 하고 있다. 태양이나 세계나 하느님의 모양처럼, 영원하고 움직이지 않는 것이 가진 둥근 모양을 하고 있다. 문명은 우리들이 무엇인가를 향하여, 어떤 머나먼 목적을 향하여 가고 있다고 설득시키고자 했다. 그리하여 우리는, 우리의 유일한 목적은 사는 것이며,

삶은 우리가 매일같이 항상 하고 있는 일이며, 하루의 매 시각 우리가 살기만 한다면 우리는 진정한 목적을 다 달성하고 있다는 사실을 잊어버렸다. 모든 문명된 사람들은 새벽에, 혹은 그보다 좀더 늦게 혹은 그보다 훨씬 늦게, 요컨대 그들이 일을 시작하는 정해진 시각에, 하루가 시작하는 것으로 생각한다. 그리고 그 하루가 그들이 '하루 종일'이라고 부르는 작업 시간에 걸쳐 있으며 그들이 눈꺼풀을 잠그는 시각에 끝나는 것이라 생각하고 있다. 바로 그들이 날들은 길다고 말한다.

아니다, 날들은 둥글다.

우리는 그 어떤 목적을 향해서 가고 있는 것도 아니다. 왜냐하면 우리는 바로 모든 것을 향해서 가고 있기 때문이다. 우리들이 언제든 느낄 태세를 갖추고 있는 오관과 살을 가지는 그 순간에 모든 목적은 달성되었다. 날들은 과일과 같다. 우리들의 역할은 그 과일들을 먹는 일이다. 우리들 본성에 따라 부드럽게든 탐욕스럽게든 그 과일들을 먹는 일이다. 그 과일이 담고 있는 모든 것을 섭취하여 우리의 정신적인 살을, 우리의 영혼을 만드는 일, 즉 사는 일이다. 산다는 것은 그 밖의 어떤 목적도 없다."

나는 선물로 받은 노란 오렌지를 꺼내어 껍질도 벗기지 않고 깨물어보았다. 풍성한 과즙이 나의 턱을 흘러내렸다.

"Heureux celui des mortels sur la terre qui ont vu ces choses. —
지상에 태어나 이 사물들을 본 필멸의 생명은 행복하여라."

침묵의
공간

내가 어머니라 부를 때,
오, 집이여!
나는 그대를 생각하네,
내 어린 시절 어둡고 아름다운
여름들의 집이여.
— 밀로즈

생레미드프로방스에서 알피유 산봉우리를 바라보며 잡목이 뒤덮인 협곡을 빠져 남쪽으로 나오는 길은 다소 동해에서 넘어오는 진부령을 상기시키지만 물론 도로변의 헌병 초소는 없으며 일방통행로도 아니다. 잔잔한 저녁나절 햇빛이 가득히 고이는 프로방스의 침묵 속에 외롭게 가는 나그네의 등이 보이고 그 뒷모습 어딘가에는 반 고흐의 시선이 느껴진다. 그러나 붓을 잡고 화폭 앞에 앉은 고흐 영감의 모습이 아니라 고통과 광기가 정신의 심연 속에서 피를 흘리는 시각의 그 눈길이다. 생레미의 수도원 겸 병원의 고요한 입구에 세워진 고흐의 동상은 한쪽 귀가 잘려나간 것으로 과장되어 있어서 우스웠지만 알피유 협로의 저녁 길에는 그 광기와, 다른 한편 그에 상극하는 한가로움이 이상한 긴장감을 불러일으킨다.

과연 이 긴장감과 그 속에 숨을 죽이고 있는 듯한 신비스러운 광기는 마치 우연한 것이 아니라는 듯 알피유 바위산의 반대편으로 나서면서부터 풍경은 급격하게 드라마틱해진다.

길의 오른쪽, 가장 먼 곳에서도 보이는 거대한 바윗덩어리. 서울 근교로 버스를 타고 나갈 때면 가슴을 두근거리게 하는 그 정취 있는 도봉道峰이나 오봉伍峰 혹은 백운대를 상상할 일이 아니다. 이처럼 미끈하고 아름다운 바위들에는 동양화가 우리에게 길들여준 그 설렘, 아름다움 그리고 내가 나의 고향에 있다는 안도감이 담겨 있다. 그러나 내가 여기서 말하는 바윗덩어리는 그 아름다움이나 문명적인 것과는 거리가 멀다.

인적이 끊어진 광대한 평원 한가운데 산맥의 줄기가 툭 끊어져 나가 절벽으로 깎아선 이 이상한 덩어리는 자연암 같으면서도 어딘가 이상한 종족의 인간이 손질한 듯한 자취가 있다. 여기가 저 유명한 중세의 성 혹은 선사시대의 이상한 도시, 레보드프로방스이다. 어디부터가 자연의 바위이며 어디부터가 인간이 쌓은 성벽인지 분간할 수 없게 뒤엉킨 이 바윗덩어리의 여기저기에는 어린 시절 내가 해안 절벽에서 발견하곤 하였던 새들의 집 같은 구멍이 뚫려 있다. 이곳저곳에 놀랍게도 아치의 문들이 나 있는 곳도 있다. 카스텔레의 고인돌이며 '요정들의 구멍'이라 불리는 암벽 속의 작은 혈구穴口들, 두 개의 구름다리를 쳐들고 있는 바르베갈의 지하대臺, 코르드 산에 있는 선사시대의 성벽들, 무당들의 집……

이 모든 것이 숱한 전설과 신비와 확인할 길 없는 지난날의 수수께끼를 담고 있으니 프로방스의 시가詩歌에서 이곳이 유별난 위치를 점하는 까닭을 곧 알 수 있을 터이다(그러나 이 사나운 이상함, 어딘가 비극적인 듯한 정경은 선사시대뿐만 아니라 중세의 피비린내 나는 대학살극과 종교전쟁의 가장 파괴적인 드라마, 그다음 세기에 와서 리슐리외가 이곳에 건설된 성곽을 파괴하고 거주민을 추방하기까지의 모든 몸서리쳐지는 역사를 간직하고 있기도 하다).

선사시대의 유물에 관해서는 아직 완전한 고증이 이루어지지 못했다지만 그래도 켈트 족과 로마인들이 프로방스를 정복하기 이전에 이 영토를 점령하고 있었던 고대인들이 오늘날 우리가 익히 알고 있는 바와는 전혀 다른 어떤 문명 형태를 갖추고 있었다는 것을 수십 세기에 걸친 역사를 거슬러 이 고대 성城의 폐허는 증언하고 있다. '지옥의 계곡'이라고 불리는 이곳 양편의 거대한 바윗덩어리 곳곳에서 아직도 선사시대인들이 거주한 각종의 자취들이 발견된다고 한다.

수세기의 바람에 찢기어 누더기처럼 된 레보드프로방스의 암벽 위에 서서 나는 또 하나의 사멸한 도시 '제밀라'를 생각하였다.

"정신 그 자체의 부정이라는 진리를 위하여 정신이 사멸하는 곳이 있다. 내가 제밀라에 갔을 때 바람과 태양이 있었다. 하지만 이것은 딴 얘기이다. 우선 말해야 할 것은 그곳을 지배하고 있었던 무겁고 균열 없는 침묵이다. 천칭의 평형과도 흡사한 것이다. 새들의 울음, 삼공三孔의 피리가 내는 부드러운 소리, 산양들의 발자국 소리, 하늘에서 내려오는 소요騷擾, 이곳의 침묵과 황폐를 이룰 뿐인 이 갖가지 소리들."

그렇다. 제밀라도 레보도 죽음의 도시이다. 아니 '죽음의 도시'라는 말에는 아직 살아 있는 생명과의 대비로 인한 긴장감이 있어 적합하지 않다. 여기서는 죽음이 너무나 엄청난 것이어서, 또 너무나 오랜 시일에 걸친 것이어서, 일반화되어 전체의 우주를 이루고 있는 듯만 싶다. 그래서 슬픔도 공포도 심지어는 허무도 떠나버린 그런 전반적인 죽음을 말한다. 그리하여 우리들의 언어, 우리들의 사고, 우리들의 의식, 우리들의 정신이 잠시 완벽한 침묵으로 돌아가 그 전반적인 죽음 속에 흡수당한다.

"나는 돛대처럼 바람을 받아 삐걱거리는 자신을 느낀다. 이 같은 분위기에 시달리어 눈은 타고 입술은 바싹 말라 내 살결이 나의 것 같지 않게 느껴졌다. 전에 나는 나의 피부를 통해서 이 세계의 문자를 판독해낼 수 있었다. 왜냐하면 세계가 저의 여름의 뜨거운 숨결로 내 피부를 데우거나 저의 된서리의 이빨로 깨물면서 저의 다정함과 저의 분노의 뜻을 그 위에 그리기 때문이었다. 그러나 그토록 오랫동안 바람에 부대끼고 한 시간이 넘도록 시달리고 있으려니 이제는 더이상 저항하는 것도 잊어버린 혼미에 빠져 나는 내 몸이 그리고 있는 이 세계의 그림에 대한 의식마저도 잃었다. 조수에 씻겨 영혼 깊숙이까지 헐벗은 존재가 되었다. 나는 나를 이리저리로 싣고 표류하게 하는 저 이상한 힘에 휩쓸리고 곧 많이 휩쓸려 그 힘 자체가 되어 내 피의 고동은 이르는 곳마다 편재해 있는 자연의 저 낭랑한 심장의 대大맥박과 합체가 되어버린다. 바람은 나를 둘러싸고 있는 이 불타는 듯한 전라의 세계를 본떠서 나의 형상을 만들고 있었다. 바람을 통한 이 우주와의 짧은 포옹은 나에게 많은 돌들 중 한 개의 돌, 즉 한 개의 기둥과 여름 하늘 속 한 그루 올리브나무의 고독을 부여하는 것이었다."

지중해를 사이에 두고 아프리카 쪽 해안에는 제밀라가, '코트 다쥐르'라는 이름의 푸른 해안에는 레보드프로방스가 우리들을 죽음과 가장 가까운 곳에 이르게 한다. 비극적인 죽음도 아니요, 삶의 고통도 아니요, 질병도 아니다. 다만 삶의 한가운데로 들어와 우리들의 의식을 가득히 함몰하는 죽음……

그러나 그 끝에 단단하고 반들반들한 마지막 무無의 의식이 남는다. 조수潮水에 씻긴 조약돌, 손안에 집어들면 그리도 가벼울 것 같은 조약돌, 정오 무렵 오랑의 바닷가 절벽에 서면 하나의 노란 수선화가 되어 피어난다는 그 정신의 조약돌을 남기기 위하여 죽음이 우리들의 모든 정신을 이렇게 무화無化하는 순간은 필요하다. 그래서 카뮈는 "문명의 단 한 가지 진정한 진보, 인간이 때때로 집착하게 되는 진보는 의식적인 죽음의 창조이다"라고 말했으리라.

'의식적인 죽음'이란 바로 고대인들이 그들의 생이 끝나가는 자리에서 눈길을 딴 곳으로 돌리지 않고 전신으로 운명과 정대면하며 죽음의 전체를 공포 없이 껴안고 청춘을 탈환하는 것을 말하는 것이다. 전면적인 죽음의 의식만이 마지막 조약돌, 마지막 생명의 이온을 영원한 현재 속에 복귀시킨다.

의식적인 죽음을 창조한다는 것은 나와 세계 사이의 거리를 좁히는 일이다.

그것은 우리의 죽음으로부터 위안받지 않는 일이다. 질병처럼 죽음에 서서히 길들지 않는 일이다. 레보드프로방스를 에워싸고 있는 평원의 저 삭막한 풍경 속에는 우리를 평소의 위안으로부터 해방시키는 정신의 사막이 있다. 미래로부터 혹은 과거로부터 아무것도 기대하지 않고 지금 딛고 있는 현재의 이 얼마 안 되는 내 삶의 무게를 내 일생의 무게로 가늠할 수 있게 하는 참다운 용기를 저 보이지 않는 사막이 일깨운다. 그 용기를 무엇이라 부르는가?

강가의 나무에 매여 형벌을 받는 거역의 신 탄탈로스에게 물어보라. 그는 대답하리라. 우리를 삶으로 치달리게 하는 것은 물이 아니라 우리들 영혼 속에 불타고 있는 영원한 '갈증'임을. 생명은 부유한 자의 소유가 아니라 위로받지 않으려는 자, 영원함 속의 굶주림을 간직한 자의 것임을.

지난해 한국을 방문한 일간 르몽드의 특파원은 동적이면서도 그윽한 한국의 전원 풍경을 극구 찬양하면서 자연 풍경을 손상하지 않고 공격성 없는 아름다움을 창조하는 초가집의 지극한 조화미를 몇 번이고 강조하였다. 그러나 그가 쓴 기사의 마지막 구절은 더욱 놀랍다. "한국의 진정한 아름다움을 마지막으로 찬미하고자 하는 프랑스 사람은 지체하지 말고 곧 한국으로 떠날 일이다. 머지않아 그들은 그 아름다운 초가집들이 거대한 캠페인에 의하여 자취를 감추고 대신 조야한 색의 페인트를 칠한 기와집으로 둔갑한 것을 목격할 뿐일 것이다."

프랑스를 방문할 한국인들에게 레보드프로방스에 관한 한 나는 같은 말을 하지 않을 수 없다. 거대한 미국 자본이 개입된 프랑스 굴지의 폐시네 회사는 프랑스 전국에 돈벌이가 될 만한 곳이면 들쑤셔 검은 연기, 악취, 화공약품으로 변모시키는 데 앞장서고 있는데 이번에는 또 레보드프로방스에서 보크사이트 탄광을 발견하여 여론의 반발 따위는 아랑곳없이 트럭과 중장비를 투입하기 시작했다는 소식이다. 내가 그곳에서 발견한 정신의 광막한 사막, 그 신비스러운 침묵이 머지않아 보크사이트의 막대한 생산고高로 치환된다 한들 그것은 나의 책임이 아니다. 그렇다. 세계의 곳곳에 사막의 공간은 좁아져간다. 석가의 공간도 베드로의 공간도, 마호메트의 공간도 좁아져간다. 이 속에서 "사회를 변모시키는 것은 찬성이지만 세계를 변모시키는 것은 반대다"라고 말한 카뮈의 목소리는 너무나 나지막하게 들린다.

레보드프로방스에서 지방도로를 따라 서남쪽으로 아를을 향하여 불과 몇 킬로미터를 달리면 점차로 알피유 고원을 벗어나면서 풍경이 부드러워지기 시작한다. 드넓은 초원에 띄엄띄엄 시프레나무나 마른갈대로 된 방풍벽들이 나타나고 먼 지평선 위에는 다른 곳에서 보기 드문 크고 뻘건 저녁 해가 수줍은 듯이 슬금슬금 따라온다.

문득 돗자리를 깔고 장기판을 마주한 동네 영감들이라도 나타날 법한 늙은 소나무 숲이 길 앞에 보이는 품이 꼭 한국 어느 농촌의 동구洞口를 연상시킨다. 이곳에서 다리 하나 건너면 프로방스의 흔한 소읍들 중 유별난 것이라곤 없어 보이는 마을인 퐁비에이유이고, 그와 직각으로 꺾어진 언덕배기로 눈을 들면 네 개의 날개를 허공에 펴고 있는 풍차 하나가 구름을 향하여 그 뾰족한 지붕을 뻗고 있는 것을 볼 수 있다. 조금 앞서 본 그 드라마틱하고 공포감 서린 풍경과 대조적으로 정답고 애틋한 사방의 풍경이 이상한 저녁 안개에 싸인 듯 마음을 달래는 것을 느끼면서 이내, 아! 나는 도데의 고장에 왔구나 하고 실감한다.

격하기 쉽고 사나우나 가슴속에는 쉬 눈물이 고일 듯한 나긋나긋한 심장을 소유하였던 사춘思春의 나이였을 때 고등학교 국어교실에서 우리들은 저마다 한 통의 편지를 받은 기억이 있다.

"뤼베롱 산정에서 가축들을 돌보던 시절, 나는 목장에서 혼자 나의 개 라브리와 양 떼를 데리고 사람의 그림자 하나 구경해보지 못한 채 수주일을 지내곤 했었다"라고 시작하던 그 아름다운 편지. 아아 그 편지 속에서 산 위로 올라오는 장밋빛 향의 스테파네트 아가씨, 그녀의 꽃 모양 리본, 눈부신 스커트, 레이스 달린 셔츠. 그것은 7월의 어느 저녁나절이었지.

7월의 밤별은 유난히 밝다. 프로방스의 아씨 스테파네트 곁에서 보는 별은 더욱 밝다.

"그럼요 아씨…… 이보세요! 바로 머리 위에 있는 저것이 '성 야곱(생자크)의 길'이에요. 이건 프랑스에서 곧바로 스페인으로 뻗었죠. 용감한 샤를마뉴 대제大帝가 사라센을 쳤을 때 칼리스의 성 야곱이 저것을 만들어 대제에게 길을 가르쳐주었대요. 더 멀리 있는 것이 '영혼의 수레'예요. 네 개의 바퀴가 있죠……"

스무 살 목동의 가슴은 뛰고 별들의 기나긴 이야기는 계속된다. "'아름다운 마글론 별은 피에르 드 프로방스 별의 뒤를 쫓아 7년 만에 한 번씩 그와 결혼을 한대요.' '어머나! 그럼 별나라에도 결혼이란 게 있나요?' '그럼요, 아씨.' 그래서 내가 결혼이란 게 어떤 것인가를 설명하고 있을 때, 나는 무엇인가 부드럽고 연한 것이 어깨 위에 가볍게 얹히는 것을 느꼈다. 리본과 레이스 그리고 물결치는 머리카락을 다소곳이 대면서 내게 기대어온 것은 잠이 들어 늘어진 그녀의 머리였다. 그리고 나는 몇 번이고 이 별들 가운데서 가장 곱고 가장 빛나는 한 별이 길을 잃고 내 어깨 위에 내려앉아 잠들고 있다고 생각해보는 것이었다."

이 아름다운 편지를 나는 오랫동안 잊고 있었지만 그때 스무 살 가슴 위에 살며시 내려앉는 가장 곱고 가장 빛나는 별을 찾아 우리들은 각기 남몰래 방황하였다. 열병을 통하여 별에 이르려고도 하였고 깊게 묻힌 무형의 기억을 밟고 내려가 잃어버린 것만 같은 별을 찾아 헤매기도 하였다. 무더운 7월 한여름 밤에도 모닥불을 지펴야 하는 서늘한 산정에서 불침번을 서는 야영의 병정이었을 때 나는 알퐁스 도데를 처음 접하였던 국어교실의 「별」 이후 최초로 '영혼의 수레'라 불리는 대웅좌를 바라보곤 하였다.

문학 전공의 병정인 나뿐만 아니라 불침번을 서던 전방 병정 모두가 그 별들을 바라보았다. 시계가 없었기 때문에 우리는 산정에 서 있는 고목들의 가지들을 표적으로 하여 그 별들의 운행에 따라 불침번 교대 시간을 정하였기 때문이다.

그때 나는 홀로 생각하였다. 스무 살의 병정과 스무 살의 목동을. 그 비교는 참담한 데가 있었지만 스무 살 가슴속에는 항상 가장 곱고 가장 밝은 별이 있는 법이다. 아아 그 후 나의 가슴속에는 얼마나 많은 별들이 반짝이다가 다시 꺼져버리곤 하였는지를…… 나는 도데의 풍차 쪽으로 가는 언덕길을 오르면서 생각하지는 않았다. 나는 그 가슴 설레게 하던 편지의 발신지에 당도하고 있었다.

공증인 오노라 그라파지 입회하에 가스파르 미터피오에게 정식으로 매수하였다는 서류 형식으로 『풍차방앗간 편지』에 서문을 부친 도데가 사실 이 풍차를 샀는지는 확실하지 않다. 1840년 프로방스의 고도古都 님에서 태어나 아홉 살까지 그 지방에서 유년 시절을 보낸 후 리옹을 거쳐 1857년 파리에 정착한 도데는 프로방스에 대한 애착을 버리지 못하여 이곳에 자주 찾아들었다. 스무 살 되던 해 프로방스의 대시인 미스트랄을 알고 난 후 더욱 프로방스는 그의 영혼이요, 그의 스승으로 여겨졌다.

1863년 여름 그는 친척인 앙브루아 가에 와서 머무는 동안 비로소 시인다운 눈으로 이곳의 분위기며 정경, 그의 어린 시절이 몸담고 있던 인정 어린 세계와 더 깊은 접촉을 갖게 되었다. 자기 사촌 댁으로부터 그리 떨어지지 않은 곳에서 그는 광야의 한복판에 버려진 하나의 풍차, 사람들이 티소 풍차라고 부르는 풍차를 하나 발견하게 되었는데 그 이후 이곳은 그가 산책길에 가장 자주 찾는 꿈의 요람이 되었다. 그리하여 시인은 풍차와 그 풍차가 들어앉은 풍경의 여성적이면서도 집요한 아름다움을 서정적인 편지 형식의 이야기로 엮어 파리에 있는 친구들에게 전하고자 하였다.

그러나 이 풍차는 사실 여느 풍차에 비하여 특이한 것이라곤 별로 없다. 이 풍차는 그것 자체가 가진 아름다움도 아름다움이겠지만 '버려진' 풍차가 환기하는 역사적 슬픔을 상징적으로 함

축하면서 위협받고 있는 프로방스의 아름다움에 현실감과 구체성을 부여하고 있다는 점을 상기할 필요가 있다.

과연 1850년 이래 제2제정기의 프로방스는 산업혁명의 진동으로 인하여 경제적, 사회적인 대변혁의 혼란을 겪고 있었다. 양잠이 개발되고 알프스에 광산이 발굴되고 파리-지중해의 간선도로가 부설됨에 따라 프로방스 특유의 풍광이나 습속이 급격하게 수도권의 영향 속에 흡수되고 중앙집권의 손길과 권위가 무미건조한 단일화의 추진력으로 밀어붙이며 지방적 특색을 마멸시키고 있었다. 티소의 풍차 역시 이 거센 물결 속에서 예외는 아니었다. 기계화의 위용을 과시하는 제분공장이 도처에 들어서는 바람에 풍차의 날개는 더이상 돌지 않게 되었다. 그것이 바로 「코르니유 영감의 비밀」이 담고 있던 프로방스의 숙명적 비극이요, 도데가 '이주'해온 이 풍차 속에서 20년 이상이나 2층을 빌려 살고 있는 철학자 같은 얼굴을 한 친구, 근엄한 늙은 올빼미의 비극이다.

모든 폐허는 이처럼 인간의 집념과 동시에 그의 숙명적인 종말을 증언한다. 도데의 풍차는 프로방스의 아크로폴리스이다. 아니 아크로폴리스는 아테네의 풍차다. 하나의 승리가 그 절정에 달하면 그 위에 새로운 개선이 휩쓸고 가고 아크로폴리스의 풍차 속에는 올빼미가 들어와 산다.

"뜻밖의 기습을 받았던 것은 토끼들이었다! (……) 퍽 오래전
부터 풍찻간의 문이 폐쇄되어 벽과 바닥엔 잡초가 우거져 있는
형편이라 그들은 드디어 제분업자라는 종족이 멸망한 것이라 믿
기에 이르렀고 마침 좋은 곳을 발견했다는 듯이 참모 본부나 작
전 계획실 같은 것에 쓰고 있었던 것이다. 즉 토끼군軍의 제마프
회전會戰 풍찻간이라고나 할까…… 내가 도착한 밤, 방바닥에 둥
글게 원을 그리며 앉아 달빛에 찬 발을 녹이고 있던 놈만 해도 틀
림없이 스무 마리는 되었다. 채광창을 조금 열자 후다닥! 야영부
대의 패주다. 작고 하이얀 꽁무니는 모두 꼬리를 세우고 숲 속으
로 달아났다."

이렇게 『풍차방앗간 편지』를 시작하기 위하여, 문명의 글자로
서정적인 '문화'를 창조하기 위하여, 도데는 토끼 떼를 몰아내고
개선하였고 그 풍차의 주인이 되었다. 그러나 지금은 이미 그 옛
날의 아름다움을 가슴에 사무치는 비극의 이야기로 들려주던 도
데도, 꽁무니가 하얀 토끼도, 코르니유 영감도 사라진 지 오래다.
다만 이곳을 기려 찾아드는 관광객을 위하여 입장권 매표구가 풍
차의 입구에 설치되어 있을 뿐이다.

2프랑을 지불하고 들어간 내부는 거미줄이나 부엉이나 산토끼

따위와는 무관하게 단정한 모양으로 꾸며져 있다. 나선형 층계를 따라 오르면 올빼미가 거처하였다는 곳에 아직도 그 육중한 제분기 바퀴가 멈추어 서 있다. 밀가루를 빻던 곳이라는 것을 낯선 현대의 관광객들에게 설명할 필요가 있다는 듯이 몇 개의 밀가루부대가 구석에 쌓여 있다.

이 모두는 사실 우스꽝스러운 데가 있다. 그러나 층계를 밀고 올라 풍차의 채광창으로 밖을 내다보면 그 우스꽝스러움은 쉬 잊힌다. 언덕의 풍찻간으로부터 도데가 바라보던 풍경 속에 지금은 알프스에서 돌아온 양 떼들이 더이상 보이지 않지만 그때보다도 한없이 더 많이 자랐을 시프레나무들, 소나무들이 넓은 들판에 다옥하게 솟아 있고 기우는 햇빛 속에 올리브나무의 과수원은 옅은 안개와 같이 퍼져 있다. 성벽의 총안과도 같은 이 채광창을 통하여 내다보이는 정경은 가슴에 눈물이 고이게 한다. 여기가 인간의 왕국이다. 살이 썩으면 모든 것이 끝나는 것임을 다 아는 인간이 건설한 행복의 왕국이다. 수세기의 역사도, 승리자도, 패배한 자도, 장군도, 황제도 이 정경을 변모하게 하지는 못하였다. 이곳이 스겡의 하얀 염소 불랑게트의 땅이다. 인간이 없는 자연, 그 위에 내리는 저녁 빛, 이 세계는 우리의 정신을 잠시 부정한다. 그것도 철저하게 부정한다.

모든 제왕들이 쓰러진 곳에 자라나는, 아직도 자라나는 시프레 나무와 그 위에 풍성하게 흘러내리는 초록의 저녁 빛은 그의 아름다운 침묵으로 끝내는 승리한다. 이 삶의 지극한 기쁨과 지극한 슬픔이 마주치는 곳에서 내 두 눈은 프로방스의 저녁 평원에 버려진 풍차의 채광창이 된다. 내 심장 속에서 돌아가던 제분기가 잠시 멈춘다. 우주에 가득한 고요, 모든 것이 멈춘다. 내 맥박 속에서 세계사도 멈춘다. 그때 문득 나는 영원의 얼굴을 만난 듯싶었다.

밑에서 풍차박물관지기가 문 닫을 시간이라고 소리쳤다. 내려오다 다시 자세히 보니 아래층 한구석에 조그만 진열대가 있고 『풍차방앗간 편지』 기념본을 팔고 있는 곁에 세계 각국어로 번역된 책들이 진열되어 있다.

한국어 역본은 그곳에 없었다. 나는 잠시 고등학교 때의 국어 교과서를 생각해보았다.

"그이가 비탈진 길로 사라졌을 때, 노새 발굽에 채여 때굴때굴 구르는 조약돌이 하나씩 하나씩 나의 가슴 위로 떨어지는 것 같았다. 나는 그 소리를 언제까지나 언제까지나 듣고 있었다. 그리하여 해 질 무렵까지 졸듯이 행여나 꿈을 깨뜨릴까 하여 꼼짝 않고 있었다. 거의 저녁 무렵 계곡은 파아랗게 물들기 시작하고……"

우리들은 풍차를 떠났다. 그러나 그때 내가 굽어본 비길 데 없이 아름다운 저녁 프로방스 풍경의 얼굴을 한 스테파네트 아가씨는 내 가슴에 새로운 문화를 시작하였다. 그 문화를 나는 이 땅에 태어난 기쁨의 문화라 하겠다. 모든 것에도 불구하고.

조엘 바르너는 갈색 머리, 푸른 눈에 좀 환상적인 표정을 한 젊은 대학생 아가씨였다. 그의 풍만한 가슴 때문에 나는 뜻 없이 바람둥이 아가씨겠구나 하고 짐작했지만 사실은 지극히 얌전하고 반듯한 생활로 일관하는 면학도에다 프랑스에서 보기 드문 신교도였다.

내가 그를 알게 된 것은 어느 날 저녁 대학식당에서였다. 식사가 거의 끝나갈 무렵 어떤 아가씨가 내게 다가와서 한국 사람이냐고 물었다. 놀라는 나에게 한국 사람이 엑스 시에 한 사람 있다는 얘기를 듣고 오래 찾고 있었는데 나의 친구 크리스를 통해서 알았다는 것이었다.

그 여자를 나에게 보낸 크리스가 식당의 저쪽 구석에서 손을 쳐들어 보였다. 조엘은 즉시 나를 자기 아파트에 초대하여 차를 대접한 후 이야기를 꺼냈는데 실은 그의 오빠가 한국 고아를 입양하려는데 그 수속에 필요한 몇 가지 서류를 번역해줄 것과 한국에서 어린아이를 키우는 방법 등을 문의하고자 한다고 말했다.

나는 이미 똑같은 일로 다른 도시를 방문한 일이 있었기 때문에 곧 무슨 일인지 알 수 있었고 기꺼이 도와주기로 했다. 그 일이 끝난 뒤에도 우리는 마침 둘 다 불문학 전공이어서 종종 만나할 수 있는 이야기는 많았다.

이 여자는 19세기 사회주의 경향의 한 알려지지 않은 사상가의 유작을 검토하면서 그에 대한 석사학위 논문을 준비한다고 하였으나, 자기 논문 이야기보다는 내 논문 준비 과정에 대한 경과를 듣기를 더욱 원하는 눈치였다.

그러던 어느 날 그녀가 나를 초대하여 한 노인을 소개해주었다. 빅토르라고만 부르는 이 노인은 톨스토이 만년의 10년간 뒷바라지를 한 개인 비서였다. 아직은 사지가 건강해 보였으나 귀가 어둡고 말이 어눌한 구순의 노인으로 의지할 곳 없이 혼자 살기 때문에 겨울 동안만이라도 자기 아파트에서 함께 나기 위해서 데려왔다고 조엘은 설명하였다.

더욱 놀라웠던 것은, 빅토르에 의하건대 그는 자기 아버지를 따라 시베리아에서 소년 시절을 보냈는데 아버지는 철도 부설 기술자로 한만韓滿 철도 설계에도 큰 역할을 하였다는 사실이었다.

행복의
충격

당시 그곳에서 한국 사람들을 자주 보았다면서 아직도 한국인들은 머리 위에 혹같이 생긴 머리털 덩어리를 만들어 달고 있느냐고 묻는 품이 상투를 뜻하는 듯싶었다.

후일 성인이 되어 처자와 함께 살다가 백계 러시아인의 패주로 인하여 빈털터리가 되어 가족도 잃고 프랑스에 돌아왔을 때 조국은 그를 반기지 않았으나 조국의 벌 떼들이 반겨주어 양봉으로 생계를 이어왔다는 그는, 노구를 이끌고도 톨스토이적 정열과 인간에 대한 신념으로 가슴은 불탄다고 하였으나 이미 그의 전신은 어쩐지 역사가 휘몰고 지나간 폐가를 연상시켰다.

봄이 돌아오면 들에 있는 그의 외딴집에 초대하겠다고 벼르던 빅토르는 이듬해 봄, 조엘이 우리들을 페블랑에 있는 그의 부모의 별장 원유회 만찬에 초대하였을 때 결국 오지 못하였다. 빅토르는 폐가에서 결국 시베리아의 혼을 껴안고, 백계 러시아 땅에 두고 온 가족들의 환영을 껴안고 세상을 떠났다.

조엘의 별장 원유회는 참으로 행복하고 깊은 봄의 축제였다. 의사인 그의 아버지와 어머니는 인사를 짤막하게 끝낸 뒤 프로방스의 즐거움 속에서 늙은이가 떠벌이는 소리는 기쁨을 반감한다면서 먼저 자리를 떴고 그의 형제들과 친구들로 이루어진 젊은이들만이 남아 쟁반을 들고 이 식탁 저 식탁의 음식들을 담아

먹었다.

해묵은 '코트드론' 붉은 포도주나 '코트드프로방스' 장밋빛 포도주에서 론 강물 소리가 들리느냐고 웃으며 한나절 취하였다. 우리들이 파티를 열고 있는 들판 한가운데 숲 속에는 노란 금잔화가 자욱이 피어 벌 떼를 부르고 앞뜰에는 야생화 코클리코가 핏빛으로 낭자하였다. 우리들은 죽은 빅토르 영감을 생각하면서 더욱 즐거웠다. 아마 빅토르도 그렇기를 원하였을 것이라고 조엘은 말하였다.

나중에 우리는 집 앞 수로를 따라 숲 속으로 오래 거닐었는데 곳곳에 아름다운 별장들이 많이 보였다. 길끝에 나타난 마지막 집은 참으로 아름다웠다. 뜰에는 잡초가 무성하였고 뽕나무에는 푸른 잎이 빠른 속도로 면적을 넓히는 소리가 들리는 듯했다. 집 뒤안에는 석류꽃이 저 홀로 한창이었다. 그런데 그 집은 굳게 잠긴 채 벽은 헐고 집 안에서는 아무 소리도 들리지 않았다. 조엘과 그의 언니 자클린은 눈을 가늘게 뜨면서 이 집은 그들의 아주 어린 시절부터 이렇게 잠겨 있다고 했다.

조엘은 어렸을 때 부모들에게 꾸지람을 듣거나 속상한 일이 있을 때면 이 폐가의 앞뜰에 와 앉아 종일토록 꽃 더미를 만들며 저녁이면 쓰러지는 성을 짓곤 했단다. 깨어진 창문 안에는 밀짚을 실어 나르는 농가의 수레가 아직도 적막하게 놓여 있다. 모든 것이 주인이 두고 간 그대로 남아 있다. 20여 년의 세월 동안 아무도 열어보지 않은 문, 죽어버린 사람들의 추억이 먼지가 되어 그 어디엔가 가득히 쌓인 채 잠겨 있다.

이 집에 찾아오는 이는 오직 외로운 어린아이들. 혹은 어른들의 어린 시절, 아니면 사철 투명한 프로방스의 햇빛. 빈집에는 늘 나그네의 낯선 휴식의 꿈이 머물다가 간다.

"침묵과 벽들만이 메아리를 되돌려보내는 이름을 내가 부르며 찾아가는 집. 내 목소리 속에 서 있는 이상한 집에는 바람이 살고 있다"라고 쓴 피에르 에마뉘엘의 시를 나는 생각하였다. 조엘은 가볍게 노래 부른다. 언젠가 그 서글서글한 이브 몽탕의 목소리로 들은 노래, 그것은 자크 프레베르의 시였다.

"나의 집에 당신은 오시겠습니다. 사실 이것은 나의 집도 아니랍니다. 누구의 집인지 나도 모릅니다. 어느 날 나는 그냥 들어왔습니다. 아무도 없었습니다. 오직 하얀 벽에 붉은 고추들이 걸려 있을 뿐 나는 오랫동안 이 집에 있었지만 아무도 찾는 이 없었지만, 언제나 나는 당신을 기다렸습니다."

그날, 그 폐가의 방문이 끝나고 원유회도 끝나고 갑자기 바람이 몰고 온 소나기, 그 소나기에 쓰러진 야생화의 1년도 끝나고,

봄도 끝난 후 나는 줄곧 조엘을 다시 만나지 못하였다. 그의 아파트에 찾아가보았으나 이사를 떠나고 없었다. 그리고 여름방학이 왔고 무더운 8월 기숙사 방에서 타이프를 치느라 진땀을 빼고 있던 어느 날 난데없이 조엘의 편지가 왔다. 마르세유의 어느 정신병원에 입원한 지 오래되었는데 곧 어디론가 병원을 옮길 예정이라는 사연뿐. 서명을 하고 난 편지의 끝에는 지난봄에 같이 가본 폐가의 석류꽃은 아름다웠노라고 써 있었다.

그 후 나는 두 번 다시 그를 만나지 못하였다. 지금도 나의 기억 속에는 어떤 신비스런 공간 속에 그 폐가와 조엘과 죽은 빅토르가 뒤엉켜 떠돌고 있다. 그것은 나의 목소리 속에, 내 과거의 목소리 속에 서 있는 집, 바람이 살고 있는 이상한 집이다. 과거의 모든 집, 기억 속의 모든 방에 귀를 기울일 줄 아는 사람에게 있어서 집은 메아리의 기하학이라고 말할 줄 알았던 것은 또 바슐라르 할아버지였던가?

"목소리들, 과거의 목소리들이 큰 방들 속에서, 작은 방들 속에서, 유별난 소리로 울린다. 층계에서 부르는 소리가 유별나게 울린다. 어려운 추억의 질서 속에서는 회화적인 기하학을 초월하여 빛의 음색을 되찾아야 한다. 그러면 빈방들 속에 남은 부드러운 냄새가 찾아와 추억 속의 집, 그 모든 방에 공기의 봉인을 적어준다. 아니 한 걸음 더 나아가서, 단지 목소리의 음색뿐만이 아니라, 지금은 숨죽여버린 그 정다운 목소리들의 억양만이 아니라 잘 울리는 집의 모든 방들의 메아리를 우리는 다시 찾아 맞출 수는 없을 것인가? 이토록 지극한 추억의 미세한 세계에 이르게 되면 오직 우리는 시인들에게만 그 섬세한 심리학의 자료를 요구할 수 있을 뿐이다."

당신은 혹시 전쟁이 났을 때 어린 소년이었던 적이 있는가? 그때 혹 외딴 과원 속에 살다가 이웃 마을로 소개疎開를 당하여 떠나본 일이 있는가? 그리하여 볕바른 어느 날 어린 공포감으로 두근거리는 가슴을 안고, 남몰래, 지금은 문이 굳게 잠긴 옛집에 찾아가본 일이 있는가?

뜰 앞 화단에는 봄 작약이 저 홀로 가득히 피고 해당화 잎은 저 홀로 푸르다. 그때 그 공간을 가득히 채우는 무섭고 아름다운 두려움의 사닥다리를 밟고 당신만이 홀로 아는 다락방에 올라가보라. 오래 묵은 책들과 옛날 편지들, 무엇에 쓰는지도 알 수 없는 이상한 그릇들과 소도구들, 어둠 속에 묻힌 먼지 냄새 나는 평화…… 그때 가만히 들어보라. 폐가는 말한다. 사라진 사람들의 목소리를 넘어서서 비현실이 현실에 스며들어 개인의 역사와 측정할 길 없는 선사의 갈림길 어디쯤에 있는 우리들 탄생의 집 주소를 가르쳐준다.

　그때는 우리들이 집 속에서 태어나는 것이 아니라 우리들 속에
집이 태어난다. 우리들은 공간 속에 살고 있지만 또한 우리들 속
에 더 넓고 심원하고 신비스러운 공간이 더 잘 울리며 열리는 것
을 그때 당신은 확신한다. 폐가들은 우리들의 밖에 있지 않고 우
리들 속에 있다. 오랫동안 만나지 못한 친구들, 잃어버린 정다운
친구들은 그 공간, 그 집 속에서 우리를 부른다. 빅토르도 조엘도
잃어버린 봄도 그 집으로 돌아온다. 목소리의 집, 우리의 꿈이 사
는 집. 그리고 아무도 살지 않는 집.

　고향에 계신 할머니의 생일잔치에 꼭 참석하지 않으면 안 되기
때문에 스위스로 떠난다면서 클레르는 나에게 저의 아파트를 일
주일만 지켜주기를 부탁하였다. 문득 비워놓고 간 주인 없는 남
의 집에서 혼자 하룻밤을 자는 것은 참으로 이상하다. 더군다나
그날 공교롭게도 나는 잠그고 나온 내 기숙사의 방문 열쇠를 어
디선가 잃어버렸다. 이리하여 나는 마치 친한 사람을 문득 만나
지 못하게 된 것처럼, 아니, 어쩌면 그보다도 더 절실하게, 갇힌
자의 이상한 불안과 초조를 달래기 어려웠다. 비어 있을 나의 방,
내가 열지 못하는 나의 빈집은 고통스럽다. 나를 '밖'에 가두어놓

은 채 저 혼자 '잠긴 나의 방'은 무의식의 심층처럼 깊고 멀고 어둡다. 그 금지된 방 속에는 또 하나의 내가 저 홀로 산다. 내 모든 추억의 무게로 무거운 발을 끌며 배회한다.

주인이 떠나간 남의 집은 또한 고통스럽다. 마치 두 개의 집이 텅 빈 채 남아 있고 나 자신은 투명하게 증발하여 부재하거나 유령이 되어 허공에 떠 있는 것만 같았다. 이때 나의 친구이며 동시에 클레르의 친구인 클로드가 찾아왔다. 캐나다의 퀘벡에서 온 이 친구는 건장한 미남으로 나와 같은 교수 밑에서 그때 막 시인 블레스 상드라르의 연구로 학위를 마치고 난 참이었다. 다정하고 지혜로우나 괴벽이 많은 친구로 그가 연구한 블레스 상드라르 못지않게, 악의 없고 유머러스한 허풍에는 일급이었다.

그는 생트 빅투아르 산 밑에서 거대한 농가를 빌려 사철 들찔레꽃 향기와 들꽃과 향료와 햇빛의 냄새를 맡고 산정기山精氣에 묻혀 사는 복 많은 사람인 반면 작업 시간 이외에는 대체로 주인집 꼬마들을 상대로 이른바 '대大해전'을 벌이거나 방 안에서 헌 신문지를 뭉쳐 만든 공을 산더미처럼 쌓아놓고 다섯 명의 꼬마들과 맞붙어 서로 치열한 타격 공방전을 벌이는 식의, 자신이 고안해낸 해전海戰이나 근처의 농부들과 어울려 술타령을 하거나, 인근의 작은 마을에 밤이면 찾아가 하나밖에 없는 마을 영화관에서

침묵의
공간

케케묵은 서부영화를 관람하며 박수 치고 휘파람 부는 것이 주된 소일거리였다. 그런 소일에도 싫증이 나면 자신의 낡은 폭스바겐을 난폭하게 몰고 훌쩍 떠나버린다. 그 무작정의 여행이 보통은 그리스, 오스트리아, 스칸디나비아 등으로의 장거리 여행이었다.

어디까지가 농담이고 어디까지가 진담인지 모르나, 낮에는 호텔에서 진종일 자고 밤에는 한없이 달리고 때로는 난데없이 묘지에 들어가 꽃을 훔쳐 나와 찾아드는 호텔에 선물하거나, 잘츠부르크의 어느 꽃가게 처녀를 꾀어내서 한 보름 동안 "너 없이는 살 수 없어"를 연발하다가 문득 말없이 떠나와버린다.

그 클로드가 오래전 나에게 좋은 친구를 소개하겠다고 벼르면서 아무 날이나 잡을 수는 없다고 알 듯 모를 듯한 단서를 붙여둔 일이 있었다. 그날 바로 클로드는 문제의 친구를 소개할 수 있는 날이라고 말하면서 무작정 차에 타라고 하였다.

그가 소개한 사람은 올해 스물다섯 살의 총각으로 순수한(이 형용사에는 세상의 가장 진실한 악센트가 필요하다고 강조하면서) 프로방스 사람이며 그의 반생 동안 책 속에다 코를 처박아본 일이란 한 번도 없다는 것이 특징이었다. 덧붙이면 그는 그의 건장한 사지 덕분에 잡역으로 행복하게 살았으나 소유한 것이라고는 아무것도 없었는데 근래에 어떤 부유한 친척이 죽으면서 남긴 유산

행복의
충격

으로 엑스에서 생트 빅투아르 산에 이르는 광대한 임야와 그 속의 낡은 별장들과 고가古家를 소유한 거부巨富가 되었다고 했다. 그러나 여전히 그는 옛날의 잡역부 일을 아침부터 밤늦게까지 계속하며 같은 헌 집, 같은 헌 옷, 같은 총각 생활에 만족할 뿐 아무것도 변한 것이 없다.

그는 이름도 성도 없는 사람이다. 다만 사람들은 무슨 까닭인지도 모른 채 오래전부터 그를 '푸시'라고 불러왔다. 푸시, 푸시 하고 혼자 입속에서 소리를 내어보면 그 인물의 모습이 금방이라도 떠오르는 듯하여, 지금도 그 이름을 불러보면 마음이 훈훈해진다.

이 푸시에게 어린 시절 이래 버릇이 된 하나의 신비가 있는데 다름이 아니라 평소에는 말없이 부지런히 일하고는 불 끄고 잠자는 것이 전부인 그가 매달 만월이 되는 밤이 되면 발바닥에 봄바람이 실려 신명이 난다는 것이다.

달이 차츰 하늘에 높이 솟아오를수록 몸속에는 향기가 가득 차고 이 세상의 모든 희열이 열병처럼 끓어오르면서 프로방스의 모든 산정과 골짜기가 부르는 소리가 그의 허파를 폭파할 듯이 메아리친다. 프랑스 말로는 춤을 '당스'라고 한다. 춤이 몸에 가득 차 박자가 빨라지고 비로소 몸이 음악에 실리면 춤이 몸을 춘다.

신명이 내리는 이 순간의 비길 데 없는 무아지경을 프랑스 말로는 '트랑스'라고 한다. 달이 가득 차 하늘에 솟으면 푸시는 트랑스에 들어간다. 영매의 상태, 실신失神의 상태, 그러나 산에 오르면 산이 푸시를 달빛에 실어준다. 아아! 트랑스만이 지각하게 하는 '가벼움'을 나는 니체와 바슐라르와 보티첼리에게 배웠지만 푸시는 그것을 제 몸으로 살고 있었다. "침묵! 침묵! 바로 이 순간에 세계는 완벽해지지 않았는가? 이게 웬일일까? 가볍고 눈에 보이지 않는 미풍이 깃털의 가벼움으로 가벼운 바다에서 춤추듯 잠이 내 위에서 춤춘다. 잠은 내 눈을 감게 하지 않는다. 오히려 내 영혼을 깨어나게 한다. 깃털과 같이 가볍게 참으로 가볍게."

나는 트랑스는 아니더라도 벌써 마음이 들떠 춤추듯 클로드의 차에 올랐다. 클로드의 집에는 캐나다 처녀 니콜이 기다리고 있었다. 우리 셋은 포도넝쿨 바구니로 옷을 입힌 한 말들이 병에서 포도주를 푸짐하게 따라 마시고 몸을 덥힌 후 산 중턱에 있는 푸시의 집으로 올라갔다. 허름하게 보이는 고가에는 모두 불이 꺼져 있고 어느 헛간에 백열등이 켜 있었다. 밤 아홉 시가 넘었는데 푸시, 그 곰 같은 푸시는 그 속에서 일을 하고 있었다. 새로 방을 들이고 욕실을 만드는 중이었다. 나중에 내팽개치듯 말했지만, 그는 우리를 기다리다 못해 속에 끓어오르는 신명을 달래기 위해 불을 켜고 작업을 시작했다는 것이었다. 평소에 입고 있던 가벼운 옷차림 그대로인 나에게 푸시는 제가 입었던 땀내 나는 스웨터를 벗어던지며 5월 밤은 춥다고 껴입으라고 했다. 그리고 씩 웃으며 내 손의 서너 곱절은 될 만한 손으로 팔목까지 감싸 잡으며 '푸시이' 했다. 아아 인심 좋은 푸시. 엄청난 푸시. 프로방스 신명의 푸시. 그의 스웨터는 내 무릎까지 오는 외투가 되었고 더러웠지만 푸시처럼 따뜻했다.

우리는 우선 마치 프로방스의 달빛으로 첫 세례라도 받듯이 가지가 수평으로 뻗은 늙은 소나무에 올라가 그 가지 위에 가만히 누운 채 구름을 떠나보내는 달을 보았다. 사방은 적적하고 밤새 계속된 이상한 울음이 때로는 바람 소리같이 때로는 사람들이 내지르는 외마디 소리같이 울렸다. 대도시 서울에서 내 영혼에 내려앉았던 모든 땟국도, 내 청춘의 온갖 고통의 상흔도 달빛이 조금씩 씻어갔다.

아무도 말하지 않았다. 밤 토끼 한 마리가 문득 나무 밑으로 뛰었다. 어린 시절 이래 나는 한 번도 이런 밤을 맞지 못하였다. 눈 아래 이웃 '퓨보' 마을의 불빛이 꿈의 둥지처럼 벌겋게 불타고 불등걸처럼 그 한가운데 교회당이 조명을 받고 있다. 이 광막한 마음의 공간, 이 무한의 변두리를 더욱 무한하게 넓혀주는 것은 밤일까? 달빛일까? 침묵일까?

"침묵보다도 더욱 무한한 공간의 느낌을 환기하는 것은 없다. 나는 그 같은 공간 속으로 들어갔다. 소리는 넓이에 채색을 하고 공간에 어떤 음적音的인 육체를 준다. 그러나 소리의 부재는 공간을 순수한 공간으로 남겨두게 되어, 광대한 것, 무한한 것, 심원한 것의 감정이 되게 한다. 침묵 속에서 우리를 사로잡는 것은 바로 이런 감정이다. 그 감각이 내 마음을 빼앗아서 나는 몇 분간 밤의 평화가 소유한 이 위대함과 혼연일체가 된다."

그때 내가 이렇게 느끼기 위해서는 보들레르 같은 대시인이 될 필요도 없었다. 침묵과 달빛은 이미 말 없는 대시인(이런 모순된 표현이 허용된다면)이었다.

푸시가 나뭇가지에서 달빛을 타고 뛰어내렸다. 그리고 프로방스의 능선들은 밤새도록 우리를 달빛 속에서 춤추게 하였다. 푸시는 걷는다기보다는 뛰었고 뛴다기보다는 덩실덩실 춤을 추었다. 언덕도, 골짜기도, 숲 그늘도, 달빛 속의 공터도 푸시는 마치 대낮 속처럼, 제 호주머니 속처럼 훤히 다 안다는 듯 거침없이 나아갔다. 이 어려운 밤나들이가 만약 쫓겨가는 길이었으면 나는 벌써 쓰러졌을 것이다.

그러나 우리는 뒤에서 밀리는 것이 아니라 앞으로 당겨지고 있었다. 앞으로 나아가는 길은 우리들의 정신에게는 가벼운 상승의 길이다. 가벼운 춤은 우리들을 공기의 꿈으로 인도한다. 행군은 우리들을 골짜기로 내려 몰아 깊은 물속으로 가라앉게 한다. 우리의 생명을 전진하게 하는 것은 '타오르는 불'이지만 참으로 우리의 영혼을 상승하게 하는 것은 '빛'이다. 앞으로 나아가는 자가 비로소 위로 올라가는 것을 느낄 때 생명의 불은 영혼의 빛으로 변신한다. 이제 나는 시인들에게서 푸시에게서 배워서 안다. 왜 영원한 생명의 새는 불에서 태어나는가를. 왜 그 새를 '빛의 새'라고 부르는가를. 그리고 왜 그 새가 가장 멀리 가장 높이 가장 가볍게 나는지를.

저녁 아홉 시 반에서 새벽 네 시까지의 기나긴 방황이었지만 나는 지도책에서 어디서부터 어디까지를 걸었는지 알 수가 없다. 다만 나를 가득 채우던 그 투명한 감각, 귓속에 울리는 맑은 밤 시냇물 소리, 그리고 내 몸을 춤추게 하던 가벼움. 때때로 그 어디쯤엔가 산속의 외딴집에서 짖던 개, 누군가 다 끄지 않고 떠난 모닥불의 불등걸, 문득 눈앞에 나타난 호수, 그리고 교교한 달빛 속에 버려진 옛 사원의 폐허, 그 곁에 촘촘히 열을 지어 서 있던 녹슨 철십자가의 무덤, 그때 수도사들은 죽으면 세워서 매장하기 때문에 무덤 사이의 거리가 그토록 좁다고 설명해주던 푸시의 목소리. 달이 기우는 새벽 검은 호수의 물속에 던지는 돌의 소리. 달밤에도 초롱초롱 잘 보이던 별들. 그 운행의 침묵의 소리. 그리고 지금도 내 몸에서 다시 살아날 것 같은 프로방스 특유의 산 향기……

"만약 여러분들이 노천에서 밤을 새워본 경험이 조금이라도 있다면 우리들이 잠들고 있는 그 시각에 어떤 신비로운 세계가 고독과 고요 속에서 눈을 뜬다는 사실을 알았을 것이다. 그때에야 비로소 샘물도 한층 더 맑게 노래하며 연못은 작은 불꽃을 밝히게 된다. 모든 산의 정기가 오고 가며 공중에는 물질과 물질이 가볍게 스치는 소리, 들리지도 않는 작은 음향이 마치 나뭇가지가 굵어지고 풀잎이 자라는 소리처럼 들려온다. 낮이 살아 있는 것의 세상이라면 밤은 무생물의 세계이다. 거기에 익숙지 못한 사람들에겐 언제나 그것은 두려움을 가져오게 한다. (……) 바로 이때 한 아름다운 유성이 우리들의 머리 위를 지나 그와 꼭 같은 방향으로 흘러갔다. 흡사 우리들이 지금 막 들은 구슬픈 울음소리가 그 빛을 이끌고 가는 것만 같았다. '저게 뭐예요!' 스테파네트가 낮은 소리로 물었다. '그건요, 천국으로 들어가는 한 넋이랍니다' 하고 나는 십자가를 그었다."

캐나다에서 온 억세고 건장한 아가씨 니콜은 우리들이 호숫가에서 잠시 쉬며 담배를 피우는 동안 아무 기척이 없더니 졸고 있었다. 결국 푸시는 그 여자를 등에 업고 새벽길을 내려왔다. 집에 도착하자 나는 나의 집도 남의 집도 다 잊고 깊은 잠이 들었다.

프로방스 전체가 아니 이 세계 전체가 나의 집이었다. 내 깊은 단잠의 아늑한 집이었다.

"10년을 경영하여 초가를 지었으니 반 간은 청풍이요 반 간은 명월이라."

이 영원한 공기의 집, 내 달빛의 집은 프로방스의 푸시가 지어준 5월의 꿈의 집이다. 지금도 나는 달을 바라보면 달빛에 신명이 내리는 푸시, 푸시가 생각난다. 그의 달밤, 프로방스 산정기가 온몸에 가득 차 트랑스에 드는 푸시.

세계 최초의
아침

그녀 두 눈은
태양보다
먼저 일어난다.
— 폴 엘뤼아르

엑상프로방스의 해방광장에서 플라타너스의 궁륭이 시작하는 입구의 길 양편에는 석상이 하나씩 서 있다. 그 석상 곁의 좁은 공터에서 마르세유로 가는 버스가 매 십오 분마다 발차한다. 엑스와 마르세유를 잇는 이 빈번한 정기 여객버스 말고도 제네바에서 그르노블을 거쳐 나폴레옹 도로를 따라 알프스 산정기를 싣고 도착하는 장거리 버스도, 아를에서 평원을 거쳐 바람을 적재하고 온 버스도 마르세유로 간다. 볕바른 하오, 카페 '상 파레이유' 앞 키오스크에서 따뜻한 소시지 샌드위치를 사먹으며 조간신문을 한 장 집어들고 마르세유행 버스에 고즈넉이 올라앉는 주말을 나는 좋아하였다. 호주머니 속같이 다 알고 있는 엑스의 골목을 이리저리 돌아다니며 헌책방과 카페들을 다 기웃거리고 나도 여전히 집으로 돌아가고 싶지 않은 저녁나절, 가령 느닷없이 찾아와 대학식당의 문을 닫아버리는 그 알 수 없는 가톨릭교의 무슨무슨 축일, 나는 이따금 그렇게 마르세유로 떠나곤 했다. 작은 여행의 환상. 떠남의 환상을 위하여 나는 마르세유로 간다. 그때의 기분에 따라 때로는 올망졸망한 작은 마을 정거장을 빠짐없이 다 들러 지방도로의 소로小路를 하염없이 누비고 가는 느림보 버스를 타기도 하고, 때로는 고속도로를 날듯이 뛰어넘어 불과 반 시간 남짓이면 마르세유의 심장부에 부려놓는 급행을 타기도 한다. 나는 아담하고 다정하고 귀족적인 품위가 있는 엑스를 몹시 좋아했지만 또한 그 거대하고 씩씩하고 마구잡이의 대도시가 지중해를 향하여 가슴을 열고 뛰어나가는 듯한 모습을 보고 싶은 때도 자주 있다.

프랑스의 남단, 바닷가에 위치한 제2의 도시라는 점을 생각하여 마르세유를 우리나라의 부산에 비기기를 나는 즐겨하였다. 그러고 보면 그 옆에 있는 아름다운 약수와 온천의 도시 엑스는 동래쯤 되지 않을까? 멀리 떠나서도 생래의 공간 속에 비유적으로나마 낯선 이방異邦을 편입시키고 나서야 안도감을 느끼는 이 병을 무엇이라고 부르는 것인가?

버스가 벨기에 가를 지나 정신병원이 있는 모퉁이를 돌아 다리를 건너서면 나는 신문의 사설을 읽다가 어느새 차창으로 넘어드는 햇빛 속에 건듯건듯 졸음이 모래톱의 물결처럼 스며들다가 떠나는 것을 느낀다. 고속도로에 접어들 무렵이면 불룩 나온 배 위에 가죽가방을 메고 해묵은 쇳덩어리 기계를 절걱절걱 돌리며 늙은 차장 할아버지가 차표를 끊으라고 한다. 나는 학생증을 내보이며 5프랑짜리 은화에 새겨진 마리안의 조각을 어루만진다. 밤 열 시 이전에만 돌아오면 5프랑 남짓한 여비로 왕복표를 살 수 있다. 간혹 도로의 양편에 멀리 퍼진 들판의 올리브나무 옆으로 아득히 사라지는 좁은 길들이 보이고 빛바랜 붉은 기와로 덮인 하얀 별장들이 지나간다. 파리로 가는 고속도로를 떠나보낸다. 니스로 가는 도로와도 헤어진다.

칸 비에르 대로 24번지, 드넓은 네거리에서 버스는 멈춘다. 널찍한 인도 위에 벤치가 드문드문 놓여 있고 하얀 모자를 쓴 경찰관이 조그만 부스 속에 앉아 길을 묻는 사람들에게 방향을 가르쳐준다. 나는 칸 비에르를 지나는 쾌활하고 사납고 사실은 다정한 모든 지중해 처녀들을 눈여겨보며 걷기를 좋아한다. 생샤를 역—내가 처음으로 프로방스의 땅에 발을 디딘 곳도 바로 그 역이었다—으로 치받는 언덕길을 따라 오르다가 지베르 형제의 고서점에서 한참 화집들을 들춰보거나 건너편 인심 좋은 식당 '모뉘망탈'에 들러 푸짐하고 값싼 저녁식사를 시켜놓고 심심치 않게 말을 걸어오는 주인아저씨와 뜻 없고 즐거운 농담을 주고받으며

1/4리터짜리 식탁용 포도주를 두어 병 비우기도 한다. 아아, 속없고 실없고 우스꽝스럽고 우직하고 다정한 자크, 그는 그 식당의 나이 먹은 보이. 그는 알지 못하는 내게 주문을 받으면서 "당신네 나라는 아직도 거기 그냥 있느냐?"고 묻는다. 나는 의아하여, 그리고 늘 그렇듯이 지나치게 심각하게, 그게 무슨 말이냐고 반문한다.

"아니 그 극동 한구석 바다 가운데 죽창만 들고 서 있어도 섬은 떠내려가지 않고 떠 있느냐?" "우리나라가 왜 섬이냐?" "그럼 일본 사람이 아니냐?" 나는 웃으며 고개를 젓는다. "그럼 중국?" "그럼 베트남?" "그럼 라오스?" "그렇게 나가다가는 날 보고 프랑스에서 왔느냐고 묻겠다." "아닌 게 아니라 나는 파리에서 온 잘난 척하는 놈들에겐 그렇게 묻는다. 아니 도대체 무슨 나라냐?" "지리 시간엔 뭘 배웠느냐?" "지리 같은 건 냄비에 넣고 끓여먹지도 못한다. 술 마시느라고 알던 것도 다 잊었다." "나는 한국에서 왔다." 그는 내 어깨를 한 번 툭 치더니 거칠고 엄청나게 크고 뜻밖에 매우 가벼운 손으로 내게 악수를 청한다. "오이 야이 야이. 반갑다." "뭐가 그리 반가우냐?" "옛날에 내가 좋아한 예쁜 처녀가 있었는데 그 색시가 사실은 어떤 다른 놈한테 잔뜩 반해 있어서 큰 고민이었다. 그런데 마침 그 녀석이 한국동란에 참가한다고 떠나버리는 바람에 걱정이 없어져버렸다.""그래, 결혼했느냐?""보다시피 홀아비다.""왜?""어차피 결혼하려고 사귄 것 아닌데……" 심심치 않게 술을 마시고 인심 좋은 너털웃음을 웃는 노총각 자크는 어느 날 문득 식당 '모뉘망탈'을 떠나고 없었다. 또 어떤 처녀에게 반해버린 것인지 나는 알지 못하지만 그 후 그 집에서 먹는 생선국도, 포도주도, 게찜도 그전처럼 흥겹지 아니하였다.

그렇게 훌쩍 떠나버리는 사람의 이야기를, 그러나 언젠가는 다시 돌아오는 사람들의 이야기를 마르세유는 영원히 간직하고 있다. 유럽과 아프리카 사이의 거대한 호수, 그것이 지도책에서 보는 지중해, 따뜻하고 잔잔한 내해內海다. 그러나 그 바다 기슭에 살며 간단없이 드나드는 상선과 여객선을 바라보는 젊은 가슴엔 바람이 들어 달뜬다. 다시 칸 비에르 대로로 나와서 백화점들과 상공회의소가 보이는 쪽으로 따라 내려가면 그 길이 끝나는 곳에 마르세유의 영원한 고향인 구항舊港이 나온다. 이곳이 젊은 가슴에 멀리 떠나고 싶은 그 영원한 충동을 불어넣어준 이야기의 무대. 마리우스, 화니, 세자르의 고향이다.

마르세유가 지중해의 여왕이라면 구항은 그 여왕의 따뜻한 가슴이다. 이 구항에서 대담하고 젊고 꾸밈이 없는 처녀와 같은 마르세유의 빛이 태어났다. 졸리에트, 라자레, 아렌크 등의 방파제로 하여 거센 물결로부터 보호받은 구항은, 새로이 건설된 대규모의 신항新港의 기세에 몰려 지금은 비록 사치스러운 관광지가 되어버린 셈이지만 마르세유를 찾는 사람이면 누구나 가장 먼저 구항이 어딘지부터 묻게 되어 있다. ㄷ 자형의 둑으로 둘러싸인 바닷가의 훤하게 터진 산책로, 그 앞에 엎드린 잔잔한 바다에는 크고 작은 요트들과 조각배, 돛배들이 가지런히 정박하며 지중해 바람에 가볍게 흔들린다. 물 위에 둥둥 떠다니는 오렌지의 노란 껍질 곁으로 땟국이 잔뜩 묻은 얼굴의 소년들이 낚싯줄을 던지고, 근해 고기잡이에 쓴 어망들이 그 소년들 뒤에 정답게 널려 있다. 이상한 문자로 수놓인 캡을 비스듬히 쓴 외국의 선부船夫들이 오랜 항로 끝에 닿은 육지의 즐거움을 만끽하며 거니는 곳도 구항이요, 아마추어 화가들이 캔버스를 세우고 진지하게 눈을 가늘게 뜨는 곳도 구항이다. 대로를 따라 즐비한 카페들은 테라스에 의자와 탁자들을 자욱하게 벌려놓고 손님을 부른다. 한국의 무교동쯤에 익숙한 손님에게는 놀라울 것이 없을지 모르지만 유럽에서 지나는 손님을 가로막으며 맛있고 값싼 진짜 마르세유 음식을 론 강의 달큰한 물로 빚어 담은 포도주와 곁들여 먹어보라고 강권하는 풍경은 독특하다.

행복의
충격

무뚝뚝하나 속마음은 다정하고 정직한 세자르 영감이 경영하는 카페는 바로 이 구항의 바닷물에 얼굴을 비추는 곳에 자리잡고 있었다. 세자르 영감에게는 그가 속으로는 한없이 사랑하며 자랑스럽게 여기지만 겉으로는 성실하게 일하지 않는다고 사사건건 생트집을 걸어대는 외아들 마리우스가 있었다. 이 카페의 옆에는 수년래 목판 위에 생선과 조개를 좌판 위에 벌여놓고 파는 오노린 아주머니, 그리고 그의 딸, 젊고 건강하고 대담해 보이나 한없이 순진한 화니. 홀아비 세자르 영감네 마리우스와 과부의 딸 화니는 어린 시절 이래의 친구이지만 지금은 성숙하여 서로 사랑을 느끼기 시작하였다. 두 젊은이가 결혼을 하겠다면 어느 쪽 부모도 반대하지 않겠지만 젊은 마리우스의 가슴에는 바람이 잔뜩 들어 있었다. 바닷가에 사는 모든 청년들이 앓는 질병—먼 곳에 대한 가눌 길 없는 충동.

　"아냐, 내 친구 피쿠와조 때문이 아냐. 그는 내가 가는 곳이면 어디나 따라올 뿐이야. 우리는 둘 다 똑같이 미친병을 앓고 있어. 그러나 그 미친병에 걸린 지는 이미 오래됐어, 어느 날 그러니까 내가 알제리에서 돌아오기도 전의 일이었어, 어느 날 카페 앞에 돛배 한 척이 정박하고 있었지. 앙티유 섬에서 목재를 실어오는 세 돛 달린 배였는데 겉에는 꺼먼 나무를, 속에는 황금빛 나무를 신고 와서 장뇌와 후추 냄새를 풍겨대는 것이겠지. 그 배는 '바람 속의 섬'이라는 군도에서 온 것이었지. 나는 그 배의 선부들이 카페에 와서 노닥거릴 때 말을 걸어봤거든. 그들은 내게 저 먼 곳에서 가져온 럼주를 맛보여줬지. 매우 달큰하고 후추 냄새가 매콤하게 나는 럼주였어. 그러고 그들은 떠나버렸지 뭐야. 나는 방파제 끝으로 달려 나가서 멀리멀리 떠나는 세 돛 달린 그 배를 바라보았지…… 햇빛을 등에 지고 그 배는 '바람 속의 섬'으로 떠나가버렸어. 그날 이후 그만 나는 이 미친병이 걸리고 말았던 거야."

방파제에 나가 설 때마다, 하늘 끝을 바라볼 때마다 마리우스의 마음은 이미 바다 저쪽에 가 있었다. 바다 위의 배를 보면 무슨 밧줄이 그의 심장을 끌어당기는 것만 같았고 알 수 없는 허리띠가 갈비뼈를 조였다. 어디서 오는 것일까, 그 이상한 청춘의 광기는? 마리우스는 결국 그 충동을 이기지 못하여 어느 날 아침, 배를 타고 멀리멀리 떠나버렸다. 수에즈, 아덴, 봄베이, 마두라, 콜롬보, 마다가스카르…… 그러나 사실은 "인생에 있어서 사랑은 전부가 아니랍니다. 사랑보다 더 강한 것도 있는 법이지요"라는 것을 아는 화니가 마리우스를 떠나게 한 것이었다.

출발하기 전날 밤 마리우스는 화니의 배 속에 저의 씨앗을 남겨놓는 것을 물론 잊지 않았다. 세자르의 말처럼 마르세유 사람들의 그 도도한 긍지는 "성냥개비와 마찬가지여서 한 번밖에 쓸수 없는 것"이기에 궁지에 몰린 화니는 그전부터 그에게 구혼하던 부자 어구상漁具商, 상처한 늙은 홀아비 파니스와 결혼하였다. 오랜 항행 끝에 마르세유로 돌아온 마리우스는 사랑하는 화니뿐만 아니라 심지어 자신의 아들까지 빼앗긴 것을 알고 분개하였으나 화니는 아직도 그를 사랑하고 있었다. 정직한 화니는 마리우스에게 말한다. "아니야, 마리우스. 이 애는 너의 아이가 아니야. 너는 이 아기가 태어나기 전의 아버지였지만 헤어진 후에는 아니야." 마리우스는 대답한다. "사람이 한번 누구의 아버지라면 영원히 아버지야." 그때 세자르 영감의 말을 들어보라. "이 아이가 태어났을 때는 4킬로의 무게였지. 4킬로나 되는 제 어미의 살이었지. 그러나 오늘은 9킬로야. 그사이에 불은 다섯 킬로의 무게가 누구의 것인지 아니? 그 다섯 킬로는 사랑의 다섯 킬로지! 부드럽게 감싸는 듯한 그 사랑의 무게, 그러나 그것은 담배연기처럼 가늘고 푸르고 연약한 것. 다섯 킬로나 채우자면 사랑은 많이 필요해. 나도 내 몫을 치렀지만 가장 많이 바친 사람은 파니스야. 그런데 마리우스 너는 무엇을 주었지?" "그럼 아버지는 나를 감싸주지 않는 건가요? 아버지는 나를 사랑하지 않는 거지요!" "물론 사랑하지, 아직도. 이 바보 같은 녀석아. 단지 너는 이제 다 컸고 따끔따끔하도록 수염이 다 자랐어. 그런데 이 어린애는 조그 많단 말야. 아닌 게 아니라 바로 그렇기 때문에 이 애가 항상 이 기는 거야. 어린애들이란 언제나 빼앗아가는 존재지. 그러나 마 리우스, 제대로 된 사람이라면 어린애들이 빼앗아갈 때까지 기다 리지 않는 법이야. 그들에게 먼저 주는 법이야."

마리우스는 그 길로 마르세유의 서쪽 군항 툴롱으로 떠나서 자 동차 정비공 노릇을 하며 혼자 살았다. 그 아들이 장성하여 파리 의 명문학교를 졸업하였을 때 파니스 영감은 늙어 죽고 아들이 얼굴도 모르는 아버지를 찾으려 하자, 옛 사랑의 화니와 마리우 스는 드디어 결혼하였다. 그러나 마리우스는 아버지 세자르에게 불평한다. "바로 내 아들이 우리 가문의 이름을 절대로 갖지 못 한다는 사실을 알고 계세요?" 왜냐하면 법률상 그는 파니스의 아 들이기 때문이다. 그러나 세자르에게 이것은 법률의 문제가 아니 라 친구 파니스에 대한 의리의 문제이다. "물론 그 녀석은 우리 가문의 이름을 가지면 안 되지. 그러나 그다음 놈들은 되지." 신 의와 사랑이 유쾌하고 낙천적인 표현으로 빚어놓은 슬프고도 행 복한 이 사랑의 이야기를 마르세유가 낳은 거장 마르셀 파뇰의 남프랑스 사투리로, 그 찬란하고 인정미 넘치는 억양과 어휘로 이 자리에서 표현하지 못하는 것을, 나는 구항에 비치는 지중해

특유의 저 신선한 햇빛의 감도와 그 햇빛 속에서 만나는 사람들의 미소를 다 전하지 못하는 것만큼 안타까워한다.

그 항구의 기쁨을, 이 지상에 태어나 사는 삶의 희열을 어떻게 다 표현할 수 있으랴. 마르세유의 그 채색된 언어를 번역하지 못한다면…… 삶이 희열인 사람에게 죽음은 비통하지만 그 축축한 어둠의 냄새는 나지 않는다. 죽음의 순간에까지 두고 가는 이 찬란한 세계의 모습을 전신으로 껴안고 싶어하는 자의 부러워하는 모습을 지중해 사람들의 모든 눈길 모든 목소리 속에서 나는 이해한다.

임종의 자리에서도 농담하듯이 파니스는 말한다. "아니야 펠릭스, 죽음이 무섭지는 않아. 내 사실을 말할까? 죽는다는 것쯤은 아무렇지도 않아. 그렇지만 삶을 떠난다는 것은 고통스러워." 무슨 뜻인지 어리둥절해하는 펠릭스에게 세자르는 부연 설명한다. "도대체 너는 말귀를 알아들을 줄을 몰라! 나는 파니스가 무슨 뜻으로 하는 말인지 알아. 죽는 것쯤은 그에게 고통이 아니지만 살지 못한다는 것은 참으로 서운하다는 말이야." 파니스가 행복한 삶과 작별하는 모습은 그것이 불행의 시작이기 때문이 아니라 행복의 끝이기 때문에 참으로 비통하다. "내 아내를, 내 아들 세자리오를, 그리고 당신들 모두를 이제는 보지 못하게 되리라 생각하면 마음이 아파…… 플라타너스 그늘 밑에서 서늘한 파스티스 술을 마시지 못하는 것도, 더이상 당신들과 쇠공놀이를 못 하게 되는 것도 안타까워. 내가 창문 앞에서 아름다운 구항을 바라보며 면도를 하던 아침을, 창유리 너머로 아침 첫 외출을 하는 펠릭스를 바라보며 하루의 할 일을 생각하던 시간을, 이제 아쉬워하게 될 거야. 우스개 장난들을, 생일에 내 식탁보 밑에 남몰래 숨겨주던 뜻밖의 선물을, 일요일에 먹던 닭고기를, 10월의 첫째 번 사냥으로 잡은 티티새를, 열세 가지 전식前食을 차린 밤참을…… 나는 아쉬워하게 되겠지. 내 가슴팍에 난 털을, 내 발에 난 티눈을 나는 아쉬워하게 되겠지. 티눈이 아팠던 일은 한 번도 없었거든. 그 대신 티눈으로 날이 좋을지 궂을지를 알 수 있었으니까…… 내 발에 난 티눈을 나는 잃어버리게 되겠지. 왜냐하면 해골은 티눈 같은 건 없을 테니까."

진정한 지중해 사람에게 죽음의 형이상학, 죽음의 추상은 없다. 아니 그들의 형이상학, 그들의 상상력은 살과 피와 뼈의 모습, 티눈의 모습, 그들의 의식은 살이 닿는 촉각이다. "그러나 내 앞의 이 사람, 흙처럼 무거운 사람, 나의 미래를 예감케 하는 바로 이 사람이 중요하다. 그러나 나는 그 죽은 사람을 상상할 수 있는가? 혼자 생각해본다. 나는 언젠가 죽을 몸이다. 그러나 이 말은 아무런 뜻도 없다. 나는 그것을 믿을 수가 없다. 나는 타인의 죽음 이외에 죽음의 경험을 할 수가 없다. 나는 사람들이 죽는 것을 본 일이 있다. 특히 나는 개들이 죽는 것을 보았다. 내 속을 참으로 뒤집은 것은 그것들을 만져보았을 때이다. 그때 나는 생각한다. 물과 미소와 여자에 대한 욕망을. 그때 나는 죽음에 대한 몸서리침은 삶에 대한 억누를 길 없는 선망에서 온다는 것을 깨닫는다."

제밀라에서 이렇게 고백한 카뮈는 파니스와 같은 살을 가진 지중해 사람이다. 사랑하는 여인 드루실라의 죽어버린 살에 손을 댄 순간 미쳐버린 칼리굴라는 지중해의 황제였다. 죽음의 침상에서 『행복한 죽음』의 메르소가 바라보는 것은 죽음의 얼굴이 아니라 티파사의 바다가 품고 있는 황금빛의 수액, 작열하는 태양 빛에 실리는 뜨거운 지상의 숨결, 압생트와 로즈메리와 따뜻한 돌의 향기, 둥근 지평선, 그리고 숨이 조여오는 최후의 순간까지 그가 시선을 떼지 않고 지켜본 것은 사랑하는 여자 '뤼시엔의 살찐 입술', 그 뒤로 보이는 왕국, 그 '대지의 미소'였다. 이 육감의 사랑이 없으면 마르세유의 구항을 가득히 메우는 테라스에서의 정오는 그냥 무료한 시간이 되고 말 것이다.

아아 짧고 행복한 지중해의 하루를 참으로 다 소유하기 위해서는, 그 건강한 위장의 배고픔을 풀기 위해서는, 구항의 비스트로에 나앉아 우선 싱싱한 홍합을 바닷물 냄새 나는 날것 그대로 두어 접시 주문하여 눈부시도록 하얀 식탁보에 놓고 지금도 살아서 오므리는 껍질을 칼끝으로 열고 그 살을 꺼내어 레몬즙을 뿌려 음미해야 한다. 바닷물 냄새에 그 푸른 레몬의 향기를 전신으로 호흡하고 차갑게 식힌 이슬 같은 핑크색 포도주를 마셔야 한다. 내해內海의 수면을 찌르릉찌르릉 두드리는 여름 햇빛 소리를 들으며 엷은 셔츠의 앞단추를 열고 그을린 얼굴에 떠오르는 미소를 향하여 마주 웃어야 한다. 항구를 벗어나 바다로 나아가는 돛배를 가만히 가만히 바라보아야 한다. 그때 바람은 말하리라. 해변의 묘지에도 정오의 빛은 내린다.

올바른 자者 정오가 불꽃을 짠다
언제나 다시 시작하는 바다 바다를!
신들의 고요함에 던지는 오랜 시선
오오 사고思考 다음에 오는 보상이여!
(……)
내 육체여, 그 사고의 틀을 깨라!

내 가슴이여, 바람의 한생을 마시라!

신선함이 헐떡이는 바다에게서

나에게 혼을 돌려준다…… 오 짜디짠 힘이여!

파도에 달려가 다시 싱싱하게 용솟음치자!

(……)

바람이 인다…… 삶에 걸어야 한다

거대한 대기가 내 책을 폈다 접는다

물결이 가루 되어 바위에서 솟는다!

날아가라 온통 눈부신 책장이여!

부숴라. 파도여, 희열의 물살로 부숴라

삼각돛들이 모이를 쫓고 있는 이 고요한 지붕을

　지중해에 온 나그네는, 마르세유에 온 손님은, 구항에 찾아든
기쁜 사람은 이곳에서 꼭 주문해야 할 요리가 있다. 고픈 배는 이
곳의 명물 '부야베스'를 부른다. 얼근한 국물이 가득한 큰 냄비
속에, 갓 잡아온 이름 모를 생선들이 통째로 익고, 감자는 잘 삶
아져 있다. 이 국을 접시에 가득히 붓고 특히 매운 소스를 따로
주문하여 그 속에 풀고 난 후 생선 살을 발라 담아 마른 빵을 적
셔 먹으면 오랫동안 굶주린 고향의 매운탕 감칠맛이 프로방스의

향기 속에 되살아온다.

부야베스라 부르는 생선 매운탕은 프로방스의 명물, 특히 마르세유의 명물로서 붕장어, 아귀, 명태, 바닷가재, 게, 기타 지중해특산의 생선들을 백포도주에 넣어 익힌 후 마늘, 실파, 회향가루, 타임, 월계수잎, 오렌지 껍질 말린 것 등의 향료와 섞어 양념하여 다시 양파, 토마토에 기름을 섞어 끓인 것인데 보기 드문 맵싸한음식이어서 더운 지방 특유의 맛이 난다. 그리고 한여름에는 이 화끈한 음식을 먹고 난 후에 다시 서늘한 핑크빛 포도주로 입가심을 하고 후식으로는 시원하게 식힌 멜론 잘 익은 놈을 골라서씨앗을 긁어내고 럼주를 담아 작은 스푼으로 떠먹으면 친구가 운전하는 차 속에서 약 삼십 분간의 단잠에 일품이다.

그렇지 않으면 이내 구항에 있는 메리보트 선착장으로 가서 이프 성城으로 작은 바다 항행을 떠나는 것도 유쾌하다. 배뚱뚱이호인 아저씨가 모자를 벌컥 뒤로 젖혀 쓰고 큰 소리로 손님을 부른다. 승선료가 너무 비싸다고 능청을 떨며 남대문 시장의 기억을 더듬으며 흥정을 하다가 그냥 돌아갈 듯이 물러서면 할인도해주는 삯을 내고 작은 관광선에 올라 의자에 앉으면 잠시 생각난다. 「바다의 미풍」.

오, 육체는 슬퍼라, 그리고 나는 모든 책을 읽었노라.

떠나버리자, 저 멀리 떠나버리자

새들은 낯선 거품과 하늘에 벌써 취하였다.

눈매에 비친 해묵은 정원도 그 무엇도

바닷물에 적신 내 마음을 잡아두지 못하리

오, 밤이여 잡아두지 못하리……

배는 서서히 외항으로 나아가고 벌써 그리스로 멀리 돌아온 대형여객선들이 때로 목쉬게 절규한다. 작은 파도가 일기 시작하고 고도古都 마르세유의 옆모습이 보인다. 루이 14세 시절의 옛 호텔들이 그리스의 도시국가 마살리아의 추억을 안으며, 먼 언덕 위의 노트르담 드 라 가르드 사원 첨탑이 황금빛을 발한다. 코르니슈 해안에 우뚝 솟은 동방군 전사자를 위한 기념비를 바라보면 마르세유가 겪은 회오리바람의 역사가 머리에 떠오른다. 그리스, 로마를 거쳐 2차 대전의 엄청난 재난에 이르기까지 거세고 분명하고 저항적인 이 마르세유 사람들은 피로 얼룩진 전쟁들 속에 휩쓸렸다. 세계사에 드문 마르세유의 페스트는 중국의 그것과 함께 공포의 신화였다. 그러나 차츰 항구에서 멀어져가면서 그 거대한 대도시의 윤곽을 드러내기 시작하는 마르세유는 햇빛 속에 고요해진다. 오래 그곳에 산 사람에게도 이 도시의 모습은 참으로 묘사하기 어렵다. 모든 것을 겉으로 드러낸 듯한 분명하고 숨김이 없는 이 도시가 이곳과 친근해지면 친근해질수록 복잡한 모습을 드러내어 오히려 알 수 없는 미로가 되어, 은밀한 속을 감추는 듯만 싶다.

허풍선이에 수다스러운 호인 선장이 헤아리기 어려운 사투리로 배가 이프 성에 접근하고 있다는 것을 알린다. 바다 항행의 환상에 가슴이 채 부풀기도 전에 도착하게 되는, 거대한 바윗덩어리의 섬을 온통 다 차지하는 옛 성 이프는 지금은 이 소규모 관광 이외에는 쓰이지 않는다. 폐허와 같은 돌계단을 올라 입장료를 내고 성의 뜨락에 들어서면 큰 두레박 우물이 있고 좁은 층계들을 따라 성의 객실에 이르게 된다. 우리의 중학 시절 두려운 상상세계 속에 그 알 수 없는 모험심과 신비로움을 자아내며 출몰하던 철가면 몬테크리스토 백작이 갇혀 있었다는 전설의 감옥은 성의 2층에 있다. 텅 비어 있는 방의 꾸미지 않은 벽은 전설 속의 그 주인공을 지금도 더욱 신비롭게 만든다. 벽에 뚫린 오직 하나의 작은 창으로 바다가 내다보일 뿐. 어두컴컴한 나선형의 좁은 층계를 마치 알렉상드르 뒤마 소설 속에서처럼 더듬어 올라 성의 꼭대기 전망대에 이르면 전신全身에 와서 깨어지는 직사광선에 잠시 눈이 먼다. 바람이 폐성의 탑을 돌아 먼 지중해로 불어간다.

돌아오는 페리보트 속에서 선장은 마이크로 관광 안내를 하지만 옆 사람들의 떠드는 소리, 거센 바람 소리에 섞인 그의 얄궂은 사투리는 교과서에서만 불어를 배운 사람에게는 외국어의 알 수 없는 외마디 소리처럼 들린다. 이 항구의 역사, 유서 깊은 건축물, 기념관 등 손가락질을 하면서 차례차례 안내하는 모양이지만 어찌 알랴. 마르세유 사람의 그 악의 없는 허풍까지 합치면 어디가 안내의 말이며 어디가 농담이며 어디가 바람 소리인지를 어찌 알랴.

구항의 출발점에 가까워지자 문득 선장은 느리고 또록또록한 목소리로 오른쪽에 보이는 드높은 현대건물을 가리키며 자세히 보라고 강조한 뒤에 한 층 한 층 세어 올라간다. 나는 그 건물이 말로만 듣고 보지 못하였던 르코르뷔지에의 작품인가 하고 찬찬히 바라보았다. "저기 11층의 창문들을 자세히 보십시오. 저것은 모두 아파트입니다. 잘 보십시오. 오른쪽에서 세번째 창문을 잘 보고 확인해주십시오. 거기가 얼마나 중요한 곳인지 아십니까? 저 창문을 눈여겨보았다는 것은 여러분들만의 긍지에 속합니다. 저 집은 다름이 아니라 바로 나의 장모의 아파트로서 나는 그곳에서 함께 살고 있습니다. 감사합니다. 우리들의 항해는 여기서 끝이 납니다."

하오에 코르니슈 해안도로를 끼고 자동차를 달려서 드넓은 프라도 대로에 들어선 후 가령 삭막한 뤼미니 대학 구내로 몰고 가는 것은 좋은 착상이다. 오랫동안 사회당의 거물 정치인 가스통 데페르 씨가 마르세유를 자기의 영지로 확보하여 시장을 역임하는 동안 드디어 독립된 특수대학으로 '프랑스의 하버드'란 별명까지 붙여 광대한 부지에 건립한 뤼미니다. 아직 그 일부가 완성되어 있을 뿐 사막 한가운데 세워진 듯한 이 캠퍼스 안으로 들어가려면 젊은 얼굴로 대신하는 학생 신분이어야 한다. 주름살이나 백발이 성성하신 분들은 관광객들과 어울려 황금해안의 눈요기나 일류호텔로 만족하는 것이 더 낫다.

대학 기숙사 근처 길가에 차를 세우고 잔솔밭에서 수영복으로 갈아입은 후 약 이십 분 남짓 숲길을 뚫고 철책 구멍을 빠져나가면 암벽이 좁은 길을 오르내리게 하다가 이상하게도 옛날에 시멘트로 포장한 듯한 대로가 잠시 나타나고 콘크리트로 굳게 세운 벽의 흔적이 나타난다. 이곳이 바로 그레고리 펙 정도를 주연으로 하여 미국영화 〈나바론의 요새〉에서 보았던 기억이 있을 법도 한 그런 종류의 독일군 요새였다는 이야기가 있다. 게으른 피서객들은 자동차로 올 수 없는 곳이라 이곳 해변은 한산하다. 절벽의 바위나 그 위에 바다를 향하여 비스듬히 자라는 소나무나 급히 바다로 급경사진 길들은 한국의 동해안을 연상시킨다. '칼랑크'라 불리는, 모래사장 없는 이 해안은 젊은 사람들의 축제다. 이곳은 또한 인파에서 멀어진 곳이어서 허가를 받지 않고 나체 수영을 할 수 있는 곳이라 즐겁다.

대낮의 태양을 전라의 몸에 받으면서 물속에 뛰어드는 것도 즐겁지만 바위 위에서 푸른 물속에 노니는 벌거벗은 청춘의 춤을 감상하는 것 또한 일품이다. '나체주의'라면 이미 그 나름의 규율을 지켜야 하는 것이어서 그것 자체가 또다른 체제의 냄새가 난다. 마르세유에서 스페인 쪽으로 가는 해안을 여름철에 달리다보면 간혹 공식적인 팻말이 나체주의자들의 캠프를 안내하고 있는 것으로 보아 그것이 이미 제도화된 것이며 사회가 수용하는 질서임을 알 수 있다.

그러나 이곳 '칼랑크'에서는 나체가 자연발생적이다. 같은 바다에서 수영복을 입고 수영을 하여도 굳이 말리는 사람은 없다. 북유럽 사람들이 오랜 겨울과 눈비와 어둠에 시달린 끝에 여름이면 이곳으로 찾아와 직업적으로 전신을 태양에 헌납하는 것은 이해된다. 그러나 사철 태양 속에 사는 지중해 사람들이 이 전라의 '규율'을 굳이 지켜야 할 까닭이야 어디 있으랴.

세계 최초의
아침

알제의 바닷가에서 젊은 사람들은 정오가 되면 모두들 전라의 점심식사를 한다고 카뮈는 자랑스럽게 말한다. "그들이 어디선가 나체주의자들, 다시 말해서 저 '육체의 청교도'들이 주장하는 설교문을 읽었기 때문은 아니다. 체제화된 정신에 못지않게 육체의 체제화도 난처한 것이다. 단지 그들은 햇빛 속에서는 기분이 좋기 때문이다." 어찌 되었건, 수십 세기 문명의 갑옷을 벗어던지고 물속에 알몸으로 남들과 함께 뛰어들어보면, 참으로 엄청난 수치로 여겼던 일들, 엄청난 진리, 요지부동의 절도節度로 뜻 없이 확신되던 것들 중 많은 것이 반드시 그토록 엄청나거나 요지부동의 것은 아니었다는 것을 느낄 수 있다.

"옷을 벗고 전라로 아직 땅의 정수로 향기가 밴 몸을 바다에 잠그고 땅의 정수를 바다에 씻으며 그리하여 그토록 오랫동안 땅과 바다가 입술과 입술로 그리워하였던 포옹을 내 피부 위에서 맺어주어야 한다. 물속에 들어간다는 것은 전신을 짜릿하게 하는 떨림, 차갑고 짙은 끈끈이가 몸속에 솟구치는 전율이다. 그리고 귓가에 우짖는 윙윙거리는 소리 속에 몸을 던지는 것이다. 코가 잠기고 입안은 쓰디쓰다. 수영. 물기로 번들거리는 두 팔이 바다 밖으로 솟아나와 햇빛에 금빛으로 물들고 모든 근육이 뒤틀리는 가운데 내리쳐진다. 물이 내 육체 위를 달린다. 내 두 다리가 파도를 거세게 소유한다. 그러고는 수평선이 잠시 부재한다. 그리고 모래사장에 나오면 모래 위에 거꾸로 쏟아지듯 던져진다. 이 세계 속에 던져진다. 살과 뼈의 중량 속으로 되돌아와서, 태양으로 어리둥절해진 채 점점 아득히 내 팔 위에 시선을 던지면 마른 피부에는 물기가 미끄러지면서 노란 잔털과 소금가루." 물과 땅과의 포옹, 하늘과 바다와의 결혼, 그 중심에 퍼덕이는 나의 육체는 행복하다. 이 살과 이 사랑이 푸른 하늘에 절규할 수 있는 곳을 지중해는 도처에 마련하고 있다.

카시의 협로로 걸어서 도착하는 칼랑크에서 만난 태양을, 그 짠 바닷물을 내 피부는, 나의 피는 아직도 기억하고 있다. 서쪽으로 나아가 카리르루에, 그리고 쇼세르팽에서 만난 모래사장의 별들을 내 살아 있는 눈은 기쁨으로 간직하고 있다. 마리 테레즈의 바닷가, 비둘기 집 같은 방창 저 밖으로 내다보이던 저녁나절의 외항선, 그 완만한 미끄러짐을, 토니, 안과 함께 라면을 끓여먹으며 노숙하였던 모래밭, 그 위에 우리들이 종일토록 세운 모래성, 어린 시절에도 지어본 일이 없었던 그 경이로운 모래성을 휩쓸어가던 저녁 물결을 나의 몸이 지금도 노래한다. 지중해에 관한 한 나는 지금도 기억한다. 무일푼으로 무작정 찾아갔던 칸 교외의 작은 피서지 망들리유의 여름 하루, 만나지 못한 바버라를 종일토록 바닷가 피서객들 틈에서 기다리며 보내고, 저녁에야 찾은 그와 함께 무작정 나섰던 사람 없는 모래사장. 밤 깊어서 우리는 유료 해수욕장의 텅 빈 모래 위에다 몰래 창고에서 훔쳐낸 매트를 깔고 한 뼘 건너편의 물소리를 들으며 노숙하였다. 이슬이 차가웠다. 리비에라의 소란스럽던 대낮은 다 선사시대의 기억인 듯 깊이 가라앉고, 인적이 끊어진 바다가 저 혼자 뒤채는 소리가 멀리서 원초적으로 밀려왔다. 새우잠에서 깬 머리맡에는 새벽 물새들이 숨죽여 걸어 다녔고 솟아오르는 햇빛이 모래 위 발자국들의 작은 모래웅덩이들 위로 금빛을 던지고, 그 작은 골짜기들마다 아침 산그늘을 드리우고 있었다. 빛이 솟아오름에 따라 모래 발자국, 그 미시적인 산그늘이 좁아지고 금빛이 모래를 황홀한 재화로 만들고 있었다.

그 새벽에 본 지중해의 빛과, 모래성을 허물어가던 저녁 물결의 한가운데 내 찬란한 청춘의 정오를 필사의 내 몸이 잠시 정지시킨다. 그것이 영원이 아니라면 그 밖의 어떤 영원을 나의 쉬 허물어질 살은 알겠는가? "물기 있는 아침이 눈부시게 맑은 바다 위에 떠올랐다. 눈망울처럼 신선한 하늘에서 물로 씻기고 또 씻기어서, 이 끝없는 세탁으로 닦일 대로 닦여, 가장 섬세하고 가장 선명한 올이 다 보일 듯한 하늘에서, 떨리는 빛이 내려와 집 한 채 한 채에, 나무 한 그루 한 그루에, 집힐 듯한 윤곽을 부여하고 신기한 새로움을 주었다. 이 세계 최초의 아침에 대지는 이 같은 빛 속에서 솟아났었을 것이다. 나는 다시 티파사의 길에 올랐다" 라고 카뮈는 그 행복에의 요람으로 가는 새벽을 기록하였다. 이 세계의 첫번째 아침, 그 아침에 나는 내 청춘의 고향 지중해로 한 발자국 더 다가섰다. 그 후 지중해의 행복한 섬처럼 내 달뜬 가슴 이 밤중에도 더러는 출렁거린다. 자정의 어둠 속에도 지중해는 항상 최초의 아침이다. 내 최초의 영원한, 내 최초의 청춘이다.

세계 최초의
아침

토 스 카 나 의
부 활 절

피렌체로 가는 기차는
오후 세 시에 떠납니다.

유럽에서 맞이하는 축제 중에서 내 마음을 가장 설레게 하는 것은 부활절이다. 나는 기독교도는 아니지만 우리말의 '부활절', 불어의 파크Pâques, 영어의 이스터Easter, 그 어느 어휘도 나를 진정으로 기쁘게 하지 않는 말은 없다. 그리스도의 부활 하나만으로는 이토록 나를 해마다 감격하게 하지는 않았을 것이다. 그것은 무엇보다도 그 형언할 길 없는 도취감을 몸으로, 피부로 느끼게 하는 지중해의 봄 때문일지도 모른다. 만약 그리스도가 한여름이나 늦가을, 혹은 눈 오는 겨울에 부활하였다면 내게 어찌 그 행복감을 주었을 것인가? 지중해의 봄을 알지 못하는 사람은 아마도 이 지구상의 한 계절이 주는 그토록 육감적인 기쁨을 이해하지 못할 것이다. 한국의 가을은 우리 별에 찾아오는 가장 아름다운 가을일지 모르지만 봄은 너무 천천히, 그리고 너무 경련하면서 온다. 매화꽃이 눈 속에서 피는 것은 어쩌면 기적과 같은 기쁨일지 모른다. 그러나 막상 해빙기의 그 질척거리는 길, 꽃시샘한다는 그 황토 먼지 실린 러시아 바람은 얼굴을 할 퀸다. 그리고 가령 북유럽이나 독일, 혹은 영국의 부활절은 참으로 인색하다. 쓸쓸한 영국의 공원에서 노란 수선화가 피지 않았더라도 나는 아직 봄을 기다리지는 않았을 것이고 실망하지도 않았을 것이다. 오히려 그런 나라에서는 한겨울이 마음에 더욱 따뜻하게 느껴졌을 것이다. 내가 찾아간 독일의 부활절은 눈보라를 선사하였다. 하이델베르크의 차가운 민가民家에서 치를 떨면서 밤을 보낸 것도 부활절이었다. 가볍게 차려입은 양복 속에 친구의 조끼를 빌려 껴입은 것은 요크셔 지방의 부활절이었다. 나는 유럽 생활의 첫번째와 두번째의 부활절을 추운 지방에 가서 보냈는데 맥주를 마시면서 몸을 녹여야만 했다.

프로방스의 부활절을 참으로 실감하게 한 것은 두번째 해의 영국 여행에서 돌아오면서였다. 그것은 급속한 시간 속에 그토록 다른 두 공간을 충격적으로 연결시키는 비행기의 속도 덕분이다. 기차를 타고 독일의 추위로부터 남으로 이행해오는 동안은 그 교통기관의 완만한 속도로 인하여 우리는 변화하는 기온에 오직 '차츰차츰' 익숙해질 뿐이다. 다만 머릿속에 막연히 짐작되는 두 개의 봄의 차이를 추상적으로 확인할 뿐 그 대단한 차이를 몸이 확실하게 인지하지는 못한다. 그러나 외투를 입고 비행기에 올라 불과 사십 분 만에 마르세유 공항에 도착하여 마중 나온 친구의 자동차에 오르면, 나도 모르게 차창을 열게 되고 쏟아져 들어오는 그 진동하는 봄 향기에 몸을 부르르 떤다. 겨울에서 출발하여 불과 사십 분 만이면 나의 몸은 봄의 심장 속에 당도하여 불현듯 진정한 부활절을 맞이한다.

그리하여 나는 세번째의 부활절 여행을 오래전부터 계획하였다. 프로방스가 아무리 좋다 하여도 사람들이 텅 비워놓고 간 기숙사의 방을 유령처럼 지키면서, 얼굴에 노란색 검은색 피부의 국적을 내걸고 있는 이방인들과, 대학식당 앞에서 고개를 숙이고 줄을 서는 것은 그리 즐거운 일이 못 된다. 방학 중에도 부활절 방학이 내게는 늘 적당하다. 크리스마스 방학처럼 너무 짧고 너무 춥고 외롭지도 않으면서 여름방학처럼 어지간한 여행으로 메우고 메워도 끝이 나지 않을 것처럼 길지도 않다. 나는 모처럼 만에 지중해 연안의 부활절 속으로 여행하고 싶었다. 스페인과 이탈리아 둘 중으로 작정했었는데 공연히 이탈리아 쪽으로 가고 싶었다. 아니 이탈리아라기보다는 토스카나로 가고 싶었다. 삶은 침묵과 불꽃과 부동不動 속에서 세 번 증언하는 것이라고 카뮈에게 가르쳐주었다는 토스카나의 대예술가들, 그들의 빛 밝은 땅에 내 살을 대보고 싶었다. 그리하여 나는 지금까지도 끝내는 가보지 못한 그리스에 가까이 가는 것이라고도 생각하였다.

그리고 모처럼 만에 친구와 동반하지 않은 홀몸으로, 충분한 여비를 마련하지도 않고 륙색에 침낭, 심지어는 가스버너와 간단한 취사도구까지 준비하여 노숙을 각오한 고행의 순례, 기쁨의 순례여행을 나는 계획하였다. 할인기차표를 샀기 때문에, 선택한 역에 내리면 적어도 일정한 기간 동안 묵도록 강요받으며 토스카나를 처음 여행한 이십대의 카뮈를 나는 생각하고 있었는지도 모른다. 아니 친구들이 찾아올 때까지 그 낯선 체코슬로바키아의 여관방에서 그 도시를 가득 채우는 식초 냄새에 치밀어오르는 구토를 억누르며 참담한 자신의 의식과 대면하고 있던 돈 떨어진 카뮈를 생각했는지도 모른다. 그 당시 내가 한없는 매혹을 느끼며 끝없이 되풀이하여 읽은 산문 「사막」이 그리고 있는 카뮈의 행로를 뒤따라 30년 후에 찾아가본다는 이상한 기대도 없지 않았다.

나는 기숙사 식당 곳곳에 이탈리아로 가는 자동차편을 구하는 방을 붙였다. 여의치 않으면 엄지손가락 여행을 떠나면 떠났지 따분한 기차여행은 하지 않겠다고 결심하고 있던 며칠 후, 기숙사의 풀밭에서 나는 낯익은 어느 친구가 "김! 식당에 붙인 광고가 네 것이냐?" 하며 다가오는 것을 보았다. 한 해 전 여름 우연한 기회에 얼굴을 본 친구 레오였다. 나는, 의심치도 않고 프랑스 사람이라 여기고 있었던 그 서글서글한 친구 레오가 사실은 이탈리아 사람이었고, 집은 베네치아 근교지만 로마를 다녀서 며칠을 베네치아에 묵다가 엑스로 돌아올 예정이며 새로 산 자동차를 가지고 있다는 것을 알게 되었다. 그다음 날 밤에 우리는 떠났다. 전부터 함께 여행을 하자더니 결국은 코르시카로 갈지도 모른다면서 망설이고만 있던 옛 친구 브라이언과는 만약을 위하여 베네치아 중앙우체국의 국 유치 우편으로 연락을 하도록 약속해두었다. 가급적이면 자동차를 가지고 제노아까지 갈 예정이니 편지를 통하여 날짜 약속을 하게 되면 제노아의 예정된 박물관 앞에서 만나 리비에라 해안 지방만이라도 함께 여행하기로 브라이언이 제안했기 때문이다. 밤여행이라 언뜻언뜻 니스, 망통을 확인하였을 뿐 우리들은 신명나게 노래만 불러댔다. '모나코의 유도화柳桃花, 생선 냄새와 꽃으로 가득 찬 제노아, 리구리아 해안의 푸르른 저녁'을 생각하였으나 야행에서 내가 접한 것은 세관원의 졸린 표정, 국경을 넘어서고 마신 소량의 에스프레소, 그리고 끝없이 이어지는 고속도로뿐이었다.

　그러나 반생 동안, 삼면이 바다로 둘러싸이고 북쪽의 육로는 총칼로 막힌 고도에서 세계와 유리된 채 살아왔으며, 외국이란 말은 오직 풍문으로만 들렸으며, 국경이란 다름 아닌 그 복잡하고 어렵고 상상하기도 힘든 수속 절차의 끝에 손에 쥘 수 있는 대한민국 여권으로만 알고 있는 나에게, 유럽의 그 숱하고 넘어서기 쉬운 진짜 국경들은 언제나 흥분을 자아낸다. 친구들과 함께 털털거리는 고물 자동차를 타고 큰 길을 달리다보면 도로 표시의 팻말이 국내의 도시명과 외국의 지명들을 분간 없이 그리도 자연스럽게 지시하고 있는 것이 언제나 내게는 신기하였다. 오른쪽으로 가면 브장송이요 왼쪽으로 가면 스위스, 한쪽 길은 브리앙송의 길이요 다른 한쪽 길은 이탈리아라고 지시하는 그 팻말들은 국경 속에 갇혀서만 살아온 나의 선망 어린 놀라움을 알지 못한다. 낡은 대한민국의 여권을 내보이며 그 익숙한 모국어 이탈리아어로 세관원과 농담을 주고받는 레오의 옆모습을 바라보며 나는 그가 부러웠다. 베네치아에서 살면서 중학교를 베이루트에서 고등학교를 로마에서 다닌 후에 대학을 엑상프로방스에서 마치는 레오에게 '지리상의 발견' 시대를 살고 있는 나의 형언할 수 없는 구속감과 그만큼 국경을 넘을 때마다 맛보게 되는 감동이 이해되지 않을 것이다. 그러나 아! 이제부터는 노래 부르듯 말하는 이탈리아어의 세계다! 라고 소리치면서 고향에 돌아온 기쁨으로 레오는 액셀러레이터를 힘차게 밟았다.

1974년 6월 수년 만에 돌아온 내 나라 김포공항에 내려서 한국어로 계원과 말을 주고받을 때 발견한 그 철통 같은 국경 앞에서 나는, 그리도 넘기 쉽던 유럽의 모든 국경들을, 레오의 옆얼굴을 가슴을 떨면서 기억하지 않을 수 없었다. 언제쯤 이 굳게 닫힌 국경의 문들이 세계로 열리고 그 시원하게 열린 문으로 세계사의 봄, 지구의 부활절이 우리에게도 찾아올까!

1972년 3월 25일 오전 아홉 시. 그렇다, 드디어! 나는 내 일생 최초로 모든 길이 그곳으로 뚫려 있다는 로마에 도착하였다. 무솔리니의 파시즘 덕분으로, 다시 말해 군사적 목적으로 시원하게 뚫린 '태양도로'를 따라 전속력으로 달리는 동안 뿌옇게 아침 햇살이 떠오르는 로마 주변의 들판을 나는 뛰는 가슴으로 바라보았다. 그것은 멸망한 제국의 수도에 도달하기 전 우리들과 더 가까운 근대의 치오치아라의 고향이었다.

"아! 내가 고향을 떠나 로마로 이사해 오던 무렵, 내 초혼 시절은 얼마나 아름다운 세월이었던가! 당신은 이 노래를 알리라.

콴도 라 치오치아라 시 마리타

아 치 토카 라 스파고 에 아 치라 치오치아.

치오치아라가 시집갈 때는

한 애인에게는 치오치아를 주고

다른 애인에게는 끈을 준다네

그런데 나는 내 신랑에게 끈도 치오치아도 다 주었다. 왜냐하면 그는 나의 신랑이었고 그는 나를 로마에 데려다주었기 때문이었다. 로마로 가는 것은 그리도 큰 기쁨, 그때는 그 무엇도 불행이 그곳에서 나를 기다리고 있다는 것을 예견하게 하지 못하였다."

알베르토 모라비아는 그 비극적인 소설 「치오치아라La Ciociara」를 이렇게 시작한다. 로마 근교 농사꾼의 아내 치오치아라, 오직 나는 그 아침 빛 속에서 그의 초혼 시절의 행복감만을 생각해보았다. 자유분방하고 낙천적이고 구속 없는 행복을.

우람한 현대건물로 된 로마 역은 오히려 비非 로마적이었다. 이제 레오와 헤어져야 할 시각이었다. 나는 나 스스로에게, 그리고 레오에게 약속하였었다. 언어가 통하지 않는 이방에 나 스스로를 던져놓고 내가 헤매고 길 잃고 걷고 구경하고 놀라고 즐거워하는 모습을 관찰해보고 싶었다. 이틀 후 전화 연락을 하여 하루쯤만 나와 같이 로마 시내를 돌아다닐 것을 약속하고 레오와 헤어진 뒤 나는 우선 륙색을 화물보관소에 맡겨놓고 손바닥 속에 꼭 들어가는 이불伊佛사전, 미슐랭 이탈리아 안내서 그리고 로마 시의 지도 한 장만을 소지한 채 길을 나섰다. 엑스를 떠날 때 레오의 애인 앙젤은 예쁜 이탈리아 여자들한테 너무 넋을 놓지 말라고 내게 충고하였었다. 그러나 우연이었는지 로마 역 앞에서 만나는 처녀들은 순진하고 쾌활해 보이긴 했지만 앙젤이 충고할 필요가 없을 정도로 비만하고 무식한 얼굴들이었다.

우선 역 앞에서 출발하는 버스를 타고 바티칸 궁전을 방문하기로 했다. 내 사춘기를 그렇게도 신비하게 만들면서 멀고 먼 목소리로 번뜩이던 신神은 결국 나를 설득하지 못하였다. 한 문명의 정신사적 의미에서 기독교는 항상 나의 중요한 관심이었지만, 고등학교 시절 친절한 수녀님에게서 얻은 입장권으로 내 최초의 미사를 방청하였고 그때 뜻 모르고 남을 따라 나가서 무엇인지 모르고 입을 벌린 것이 후일에야 성체 배령이었다는 것을 알았던 일도 있었지만, 역시 부활절 시스티나 사원에 도착한 나는 여전히 이방의 한 여행자, 한 이교도에 불과하였다.

부활절의 그 유명한 종교행사의 분위기가 첫눈에도 완연히 느껴지도록 거대한 회랑의 기둥들로 둘러싸인 궁전 앞 광장은 밝은 햇빛 속에 축제의 빛이 가득하였다. 많은 사람들이 가슴에 십자가를 긋고 목소리 잘 울리는 소년들이 왁자지껄하고 사람마다 손에는 부활절의 꽃다발이 들려 있었다. 사원 안은 마침 부활절마다 내리시는 교황의 말씀을 경청하기 위하여 찾아온 순례자들로 입추의 여지가 없을 정도였다. 텔레비전 촬영대가 마련되고 사람들은 저 깊숙한 제단 쪽을 향하고 서서 내가 이해할 수 없는 말을 듣고 있었다. 사원의 실내 곳곳에 마련된 고해실 속에서 신도들과 고해 신부가 신기한 모습으로 칸막이를 사이에 두고 들어앉아 있었다. 각 고해실마다 고해에 사용하는 각국의 언어를 표시해놓았는데 가령 어느 곳에서는 포르투갈어로 고해하며 다른 곳에서는 불어로 고해하도록 되어 있는 모양이어서 내게는 참으로 기이하게 보였다.

전지전능한 하나님은 사전이나 외국어 강습 따위는 필요로 하지 않겠지만 땅 위의 사람들은 심지어 사제까지도 언어라는 장벽에 일단 부딪치게 마련인 모양이었다. 태초의 '말씀'에는 국적이 없었는지 모르지만 태초 이후에는, 즉 '바벨 이후'에는 각기 저희 모국어의 조건 속에 갇힌 채 죄도 짓고 사랑도 하고 참회도 하지 않으면 안 된다. 최초의 '하나', 노자가 말한 중묘지문衆妙之門 이후 언어는 다수의 존재, 다수의 사물을 창조하였다. 그 이후 우리들은 서로 헤어지지 아니하였던가?

　그러나 서로 헤어진다는 것이 바로 존재한다는 것을 의미하는 다수의 세계, 그리하여 부재가 있고 거리가 있고 그로 인하여 다가가고 합일하려는 욕망도 있는 이 언어의 세계만이 우리들의 왕국이다. 그 따뜻한 왕국 위에 오늘은 좋은 부활절 햇빛이 내린다. 내 눈이 보고 내 살이 느끼는 이 햇빛과, 그리고 대낮과 밤의 세계 저 너머에 천국이 있는지 지옥이 있는지 나는 알지 못한다. 그 어느 것이 있어도 나는 알지 못한다. 아마도 그런 세계가 있다면 적어도 그곳에 언어는, 인간의 언어는 없을 것이다.

　나는 사람들의 뒤를 따라 실내를 거닐면서 다른 순례자들처럼 저 검은 청동의 성 베드로 조각상, 너무나 많은 손길들이 쓰다듬어 반짝거리도록 반드러워진 그의 발을 쓰다듬었다. 청동의 베드로의 발을 만지며 그 청동의 감촉이 차갑다고 느끼는 나의 손을, 나의 손이 그렇게 느끼게 해주는 나의 생명을 나는 기뻐하였다. 어둠침침한 실내의 빛으로는 잘 보이지 않는 천장화를 바라보면서 나는 물론 그 위대한 미켈란젤로를 생각해보기도 했지만 더욱 강렬하게 나는 회상하였다. 내 어린 시절을 가장 종교적인 신비와 공포로 물들게 하였던 부석사의 단청과 여의주를 물고 밖으로 튀어나갈 것만 같던 용의 머리를. 어둡고 서늘하던 절간의 서까

래와 이상한 단청과 용의 머리는 내 최초의 종교였고 내 최초의 문화였다. 그리고 지구를 반 바퀴 돌아 내가 찾아든 시스티나 사원, 그 불교와 이 기독교의 사이에는 내 신앙 없는 반생, 이름 없는 기쁨을 찾아 방황한 무신無神의 20년이 가로놓여 있다.

그리도 오래 찾다가 결국은 못 찾아 실망하고 마는 줄 알았던 미켈란젤로의 〈피에타〉를 나는 성당에서 밖으로 나오다가 참으로 우연히 발견하였다. 하얀 드레스를 입은 어떤 젊은 여자의 뒷모습이 어찌나 아름다웠는지 나도 모르게 그의 뒤를 따라가다보니 그 여자가 어느 조각품 앞에 멈추어 섰다. 그때야 비로소 나는 〈피에타〉를 '발견'하였다.

다 큰 예수를 품에 안은 젊고 아름다운 마리아의 대리석상은, 그 크기가 생각보다 훨씬 작은 데 놀랐지만 하얀 드레스를 입은 낯선 여자의 뒷모습을 까맣게 잊어버리게 하기에 충분할 만큼 아름다웠다. 탄식과 사랑의 왼손으로 마리아는 이제 막 예수의 무릎을 쓰다듬으려는 찰나이다. 나는 그 생동하는 대리석 작품을 참으로 오랫동안 바라보았다. 수없이 많은 근육의 힘, 그만큼 많은 고통과 아름다움의 동력動力이 합하여 꿈틀거리는 몸의 곡선을 만든다.

어떤 정신착란에 걸린 사람이 그 아름다운 〈피에타〉를 망치로

때려 부수려는 것을 간신히 말렸으나 역시 조금은 손상되었다는 뉴스를 라디오에서 들은 것은 내가 로마 여행에서 돌아온 몇 달 후였다. 나는 손상당하기 전의 〈피에타〉를 본 것을 내 은밀한 소유로 생각하였다. 그러나 무엇하랴, 아무것도 결국은 소유하지 못하는 것이 나의 몸이요, 나의 정신인 것을.

바티칸 궁전 밖에 차라리 부활절은 더 많이 내리고 있었다. 더 가득 차고 있었다. 하오의 햇빛, 벌써 여름이 느껴지는 햇빛 속에서 버스를 타고 다시 로마로 돌아오면서 나는 내 몸속을 돌고 있는 생명의 소리를 기쁘게 들었다. 내 몸이 일회적으로 밟고 지나가는 이 빛 밝은 땅에 감사하였다.

유스호스텔을 찾을 시각은 아직 이르다. 로마 역 앞은 벌써 여름이었다. 마른 목을 축이기 위하여 수레 가게에서 주스를 사서 마시노라니 내 청춘의 모든 추억의 무게와 더불어 서울의 첫 여름이, 나른하고 적적한 일요일 하오들, 기억 속의 모든 일요일들이 다 합쳐 밀려와 가슴을 두드리는 것만 같다. 그러나 그 기억의 파도 속에 실려 있으면서도 동시에 그 파도를 저만큼 두고 바라볼 수 있게 하는 그 내적 거리는 홀가분하게 떠난 이 여행의 자유스러움이었다.

역에서 앞으로 쭉 뻗은 길을 따라 나서니 그 끝 광장에 시원한 분수가 하나 나타난다. 폰타나 델 에세드라. 에세드라 분수. 둥근 화강암과 대리석 호수 속 네 귀에 각각 하나씩의 조각상. 사랑의 네 가지 형태. 아름답고 육감적인 여인이 말과 뱀과 새와 해수를 각각 껴안고 애무하는 사랑의 장면을 벌이면서 그 가운데서 높이 치솟는 물줄기의 낙수落水를 온몸에 시원스레 받고 있다. 모든 것은 닫힌 문 뒤에서 이루어져야 한다는 저 근엄하고 점잖은 북쪽 사람들과는 반대로 육감적이며 신화적인 인간의 모습을 광장의 햇빛 속에 보란 듯이 전시하는 것은 지중해로 가슴을 열고 있는 이탈리아인의 개방적인 삶의 기쁨을 증거하는 것인지도 모른다.

나는 이 분수의 돌 위에 걸터앉아 지나는 사람들을 하염없이 바라보며 떨어지는 물소리를 듣는 한가함이 좋았다. 눈이 마주치면 사람들은 그냥 씩 웃는다. 어떤 젊은 청년은 내게 다가와 줄곧 싱글싱글하면서 뭐라고 이탈리아어로 물었으나 나는 알아들을 수가 없었다. 영어도 불어도 하지 못하는 그 청년과 나는 다만 무슨 말인가 하여 친구가 되고 싶다는 선의만을 서로의 얼굴에 표시할 수 있을 뿐이었다. 나는 휘파람을 불며 일어섰다. 짐 맡기는 곳에서 류색을 찾아 메고 어렵게 물어 로마 시내에서 상당히 떨어진 곳에 있는 유스호스텔로 가는 버스를 탔다.

파리의 센 강, 런던의 템스 강, 서울의 한강, 이 대도시들을 관류하는 도도한 강물을 아는 나에게 강바닥이 허옇게 드러난 로마의 테베레 강이 그토록 메마른 것은 서운하였다. 물 없는 강의 필요 이상으로 길고 웅장한 다리를 건너자 어느 곳에선가 버스가 멈추었고 나는 유스호스텔 대합실에 도착하였다. 많은 젊은 남녀가 관리사무실의 문이 열리기를 기다리고 있었다. 드디어 시간이 되어 줄을 섰으나 유일하게 내 차례가 되자 예기치 않았던 문제가 생겼다. 모두들 자기 나라에 유스호스텔 제도가 있어 당당하게 카드를 받을 자격이 있는 사람들이었으므로 즉석에서 방을 배정받았지만 한국에서 온 나는 사정이 달랐다. 말을 들어보니 한국에는 유스호스텔 시설이 없거나 적어도 국제 유스호스텔 협회에 가입되어 있지 않다는 것이었다. 나는 하는 수 없이 일반 호텔 값보다도 더 비싼 개인 가입 카드 수수료를 물지 않으면 안 되었다. 공교롭게도 내 뒤에 어떤 일본 여학생이 버젓이 저의 나라 카드를 들고 있는 것을 보았기 때문에 나는 어지간히도 수치스러웠다.

로마 올림픽 때 선수촌으로 사용된 후 청소년 호스텔이 된 곳이라 방에 들어가니 완전히 운동선수의 합숙소 풍경 그대로였다. 2층으로 된 수십 개의 침대들이 드넓은 홀에 줄지어 놓여 있고 벌써 자리에 누워 쉬는 녀석, 앉아서 책을 보는 녀석, 빈 침대, 가지각색이었고 이곳저곳에 모여 떠드는 패들…… 어느 영화에서 본 교도소 풍경 같기도 했다. 구내식당에 내려가서 셀프서비스인 저녁밥을 받으니 싸게 지불한 값에 비해서는 새우와 낙지를 튀긴 요리가 푸짐했다.

저녁에 텅 빈 침대들을 지켜보고 앉아 있자니 좀 멋쩍어서 혼자 밖으로 나와 로마의 밤을 구경하리라 마음먹었다. 그러나 적당한 버스를 골라서 타기까지 사소하고 쉬운 일들 하나하나가 다 얼마나 난해한 문제로 돌출하는지, 말이 통하지 않는 나라, 버스의 노선을 알지 못하는 나라를 홀로 여행하는 자의 그 낯섦과 공포에 가까운 소외감이 속속들이 마음을 찔렀다.

그날따라 영어나 불어를 할 줄 아는 사람을 만나기가 그리도 어려웠다. 작은 이불사전으로는 감당하기 어려울 만큼 나는 물어볼 것이 많았다. 그런데 더욱 난처한 것은 내가 그 밤에 어디를 가야 좋을지 알 수가 없다는 사실, 따라서 무엇을 물어보아야 할지 알 수가 없다는 사실이었다. 그나마 로마에서 내게 익숙한 곳은, 즉 다소나마 안심되는 곳은 역驛이었고 에세드라 분수였다.

나는 참으로 무슨 볼일이나 있는 사람처럼 분수 쪽으로 나오는 버스를 탔다. 젊은 사람들 한 떼거리가 차에 오르더니 버스가 떠나가도록 저희끼리 웃고 떠들었고 그 말이 우스운 말이었는지 온 버스 안이 마음 놓고 웃어댔다. 조용하고 근엄한 승객들이 신문을 읽거나 아는 사람들끼리 소곤소곤 이야기하는 것이 고작인 파리의 지하철에서는 볼 수 없는 진풍경이었다. 그러나 아아, 알 수 없는 유머, 뜻 모를 폭소 속에서 멀거니 서 있는 이방인은 축제의 한복판에 끼어든 불청객 같아서 이상한 기분이 된다.

다시 로마 역 앞 밤. 저녁 바람을 쏘이러 나온 사람은 나뿐이 아니었다. 에세드라 분수에 불빛이 어려 무지개 같은 물줄기가 현란하게 떨어진다. 어렴풋한 불빛 속 아름드리의 돌기둥 밑받침을 깔고 멀거니 앉아 분수를 바라보고 있자니 지중해 봄밤의 애무하는 듯한 공기가 전신의 살을 간질인다.

그때 어떤 낯선 사내가, 구레나룻을 길게 기른 시골 신사풍의 젊은이가 다가오더니 말을 건다. 서투른 영어. 이스탄불에서 온 터키의 한 여행자였다. 낯선 땅에 도착하여 가슴이 두근거렸으나 그 역시 이방인, 어디엔가 저희들끼리의 축제, 어디선가 내가 알지 못하는 잔치가 벌어지고 있을 것만 같은데 알 수 없어 역 앞 분수를 바라보고만 있다는 것이었다. 한참을 머뭇거리다가 그는 나에게 춤추러 가자고 제안했다. 그렇다. 나도 춤을 추고 싶었다. 밤이 새도록 그 부활절의 기쁨을 다 춤추고 싶었다.

그러나 나는 긴 여행으로 인하여 한없이 피로하였고 낯선 땅에 던져진 고백하기 어려운 그 유난스러운 공포감, 그리고 아마 호주머니 사정과 관련된 이상한 극기심 때문에 거절하였다. 혼자 걸어가는 이스탄불 청년의 뒷모습은 적적하였다. 그림자처럼 낯선 이국의 대도시 속으로 사라지는 그의 키 큰 뒷모습 속에는 쉬 헤어지고 다시는 만나지 못할 우리들 일생의 얼굴이 담겨 있다. 나도 그곳을 떠나 걷기 시작하였다.

검은 머리의 아름다운 처녀 안젤라를 나는 그때 만났다. 이탈리아에 도착한 이래 몇 마디의 불어를 할 줄 아는 이탈리아 사람을 만난 것은 그가 처음이었다. 그 터키 사람을 만나지만 않았던들 나는 곧 숙소로 돌아갈 생각이었으나 문득 잠시 더 시내에 머물러 있고 싶었다. 그리 멀지 않은 곳에 있다면 그 유명한 트레비 분수를 밤에 찾아가는 것도 좋을 것 같았기 때문이다. 상점의 불빛 앞에서 지도를 펴 들고 지도 연구에 열중하였으나 방향을 분간하기 어려웠다.

학생 차림같이 보이는 그 아름다운 안젤라는 까다로운 절차를 생략하고 자기도 산책 나온 길이니 트레비 분수까지 동행해주겠다고 쉬 승낙하였다. 그러나 뚱뚱하고 다정스럽지만 무서운 어머니의 감독하에 있는 안젤라는 늦어도 아홉 시경에는 그 분수를 떠나 집으로 돌아가야 한다는 것을 예고하였다.

페데리코 펠리니의 모든 영화 속에서 참으로 나의 상상을 잘 도와주는 그 비만하고 극성스러운 이탈리아의 여장부 어머니 모습을 나는 상상하였다. 안젤라의 불어는 참으로 난해한 언어였다. 길을 가다가도 우리는 무슨 간단한 한마디를 서로 이해하기 위해서 걸음을 멈추고 한참이나 승강이를 하곤 한다.

오색의 불빛을 받으면서 물보라가 되어 자욱이 흩날리는 분수 앞에 당도하면서, 내 스무 살 무렵 어느 오후를 뜻 없이 감동하게 하였던 앙코르 로드쇼의 할리우드 영화 〈애천〉을 나는 상기하였다. 내 대학 입학을 축하하기 위하여 누군가가 내게 그 영화를 보여주었다.

작은 돌계단을 내려가 물가에 이르니 분수를 둘러싼 돌난간에는 젊은 남녀가 가득히 앉아 웃음과 말과 몸짓의 잔치를 벌이고 있었다. 떠드는 소리가 잠시 멎을 때의 몇 순간, 흐르는 물소리가 깊은 산골의 시냇물 소리를 낸다. '폴리' 대공의 궁전 앞으로 바다의 신 넵튠의 석상이 금방이라도 앞으로 뛰쳐나올 것만 같이 보인다.

내가 안젤라와 함께 층계 위에 앉아 분수를 바라보고 있을 때 문득 어떤 잘생긴 청년이 서글서글하게 웃으며 다가와 내게 담배를 권한다. 늘 마찬가지다. 그는 이탈리아어로 나에게 단숨에 많은 말을 하였지만 나는 이해할 수 없었다. 나는 웃기만 하였다. 그러나 그가 안젤라에게, 아름다운 안젤라에게 관심이 있어서라는 것은 이내 눈치챌 수 있었다. 이런 풍경을 나는 그 후 여러 번 목격하게 되었다. 그 잘생기고 악의 없는 웃음을 띤 이탈리아의 청년들이 낯선 여자의 환심을 사려는 노력에 그토록 주저 없는 대담성을 보이는 것을 나는 영화에서 보았고 다른 사람에게 듣기도 하였다. '안방까지 쳐들어올 것 같은 친절'이라고 사람들이 부르는 그 청년들의 대담성이 나는 오히려 밉지 않았다. 내겐 그것이 뻔뻔스러워 보이지 않았다. 나는 오히려 그 솔직함과 유쾌함, 바람둥이의 외향성을 즐겁게 바라보았다. 여자의 새침한 거절에 실망하는 기색도 없고 그렇다고 친절과 웃음 이외의 불쾌감에까지 자기의 연정을 밀고 가지도 않는 젊음은 보기에 즐겁다.

나도 주머니에서 동전을 찾아 들고 돌아서서 등 뒤의 분수에 던졌다. 하나는 로마에 온 기쁨을 위하여, 또 하나는 다시 나를 로마에 되돌아오게 해달라는 염원을 위하여, 마지막 하나는 나의 사랑을 위하여. 아홉 시가 조금 넘자 안젤라는 가야 한다고 말했다. 나도 돌아가기로 했다. 온몸이 피곤하였다. 트레비 분수의 물소리가 나를 만류하였으나 숙소의 문이 닫히기 전에 돌아가야 했

행복의
충격

다. 안젤라와 헤어져 버스 정거장으로 와 참으로 오래 기다렸으나 차가 오지를 않았다. 문득 나는 선선해지는 그 낯선 대도시 어디에서 노숙을 해야 할지도 모른다는, 쫓기는 짐승 같은 공포감에 사로잡혔다. 2차 대전에 참전하여 미군들과 같이 있었기 때문에 영어를 한다고 자랑하는 어느 낯모를 남자의 친절이 아니었더라면 나는 숙소에 돌아오지 못할 뻔하였다. 내가 타야 할 버스는 이미 아홉 시 반에 끊어져버린 것이었다. 그 남자는 다른 버스를 타고 몇 정거장을 가서 다시 나를 필요한 버스에 태워 보낼 만큼 친절하였다.

내가 로마에서 묵은 나흘간의 모든 모험을 다 이야기한다는 것은 불가능하다. 허풍 많은 레오와의 약속을 지키기 위하여 콜로세움 앞 지하철 정거장 앞에서 한 시간씩 기다렸던 오전, 주駐 바티칸 레바논 대사실에 가서 보낸 야회夜會, 하릴없이 거닐던 옛 제국의 폐허, 포로 로마노에서의 종일, 히피들이 가죽제품 노점을 벌이고 있는 스페인 광장의 꽃들, 어둠에 잠긴 '로마의 배', 스낵바에서 만난 실없는 이탈리아인이 일본 팬이라면서 유일하게 아는 일본말로 시계 상표 "세이코, 세이코!"를 연발하며 포도주를 권하던 일, 빅토르 에마뉘엘 2세 기념관의 하늘로 날아오를 듯한 백마상像, 포로 로마노와 콜로세움 사이로 난 언덕길의 한

적한 나무 그늘 속을 거닐다가 만난 프랑스의 꿈 많은 고등학생, 그와 함께 나누어 먹은 샌드위치, 그때 내 정신을 휩싸던 내 이십대 모든 여자들의 알 수 없는 추억들, 연두색 새 잎이 돋아나는 한적한 오솔길 위에서 나는 문득 그 모든 여자들을 다 사랑하였다. 그것은 나의 현재 속으로 함몰되는 모든 과거의 사랑의 충격들이 조금씩 완화되면서 연두색의 풀잎으로 내 전신에 돋아나는 것 같은 순간의 경험이었다. 바르베리니 광장 옆 피커딜리 식당에서 주문하였던 새카맣게 타버린 닭요리, 오 맘마미아! 내가 들고 있는 미슐랭 안내서를 보고 "아아, 불어를 하십니까?" 하고 반색을 하던 프랑스 중년 부인은 까맣게 타버린 닭요리를 자신의 일인 양 안타까워하였다. 걸어도 걸어도 끝이 없는 보르게세 대공원, 80리라를 받고야 열쇠를 내주는 역의 변소지기…… 이 모든 로마의 작고 큰 정경을 나는 다 말할 수가 없다.

이제 피렌체로 떠나는 길이 바쁘다. 사실 로마는 내 여행의 목적지가 아니었다. 로마는 피렌체로, 토스카나로 가는 내 여정의 길목이었을 뿐이다. 그 복잡한 버스 노선에 지하철이라고는 단선單線 하나뿐인 대도시 로마에 햇빛이 없었더라면 나는 얼마나 우울했을까!

지난날 나의 친구 P는 자기의 독도 여행담을 이렇게 이야기했었다. 여름방학이 되었는데 별 의욕도 없고 어디로 가고 싶은 생각도 없어 방바닥에 벌렁 누워 천장을 쳐다보고 있었는데 벽에 걸린 달력의 그림이 보였다. 그것이 바로 외로운 섬 독도의 사진이었는데 허연 바다 물살이 검은 암벽에 난 큰 구멍 속으로 들이치면서 들어갔다 나갔다 하는 모습을 보여주고 있었다. 그때 그는 문득 그 큰 구멍 속에 들어가 누워보았으면 싶은 충동이 일어나 독도로 떠났었다, 라고 했다.

유서 깊은 명승고적에 대한 남의 권유와 소개를 듣고 떠나는 것은 문화적일 수는 있을지 모르나 자기만의 순수한 충동, 떠나고 싶은 충동은 못 된다. 역사의 유적은 찾아가보면 감동적이지만 사진첩과 역사책과 여행안내서가 이미 한발 앞서 더듬어간 자리이기 쉽다.

나는 예술사가도 역사학자도 아니다. 나의 피렌체에 대한 이상한 이끌림은 토스카나 문화에 대한 찬미 이상으로 사소한 개인적 동기를 가지고 있다.

어린 시절 이래 나는 이 세상에 가보고 싶은 곳이 두 군데 있었다. 하나는 일본의 홋카이도에 있다는 삿포로이다. 그것은 오로지 라디오의 일기예보 때문이다. 때때로 천기天氣니 물결의 높이니 몇 밀리바니 하는 이상한 말들과 함께, 아름답게 담담한 여자 아나운서의 목소리 속에 간단없이 떠오르던 이름 삿포로에 나는 가보고 싶었다. 만국기가 축제일처럼 하늘에 날고 깊은 눈이 내릴 것 같은 그 일기예보의 삿포로에 가보고 싶었으나 아직도 가보지 못하였다.

르네상스의 찬란한 문화와 피렌체를 역사책 속에서 아직 제대로 연결 짓지 못하던 원시적인 어린 시절, 나는 지금은 기억도 잘 나지 않는 어느 이탈리아 영화에서, 어떤 역의 확성기를 통하여 이런 안내방송이 되풀이되는 것을 들은 일이 있다.

"피렌체로 가는 기차는 오후 세 시에 떠납니다. 피렌체로 가는 기차는 오후 세 시에 떠납니다."

왜 그랬을까? 그 평범한 한마디가 20년이나 지난 오늘까지 내 머릿속에 고스란히 살아남아 있는 것은 무엇 때문일까? 소년 시절 이래 나는 오후 세 시에 출발하는 기차를 타고 피렌체로 떠나보고 싶었다. 피렌체의 프랑스 이름 플로랑스에 대하여 장 폴 사르트르가 환기시킨 하늘의 황금빛과 굽이치는 강의 이미지는 내 오후 세 시의 기차보다는 훨씬 더 먼 아름다움이었다. 그 후 카뮈의 아름다운 산문 「사막」이 피렌체를 그 공간으로 그려 보인 것은 나에게 큰 기쁨이었다. 카뮈가 스승 장 그르니에에게 바친

「사막」은 이렇게 시작한다.

"산다는 것은 물론 표현한다는 것과는 어느 정도 반대되는 것이다. 토스카나 파派의 대화가들에 의하면, 산다는 것은 침묵과 불꽃과 부동不動 속에서, 이렇게 세 번에 걸쳐 증언하는 것을 의미한다.

그 거장들의 그림 속에 그려진 인물들이 우리가 피렌체나 피사의 길거리에서 매일같이 마주치는 바로 그 사람들이라는 사실을 알아차리자면 많은 시간이 걸린다. 그러나 이제 우리가 우리 주위에 있는 사람들의 참다운 얼굴을 제대로 바라볼 줄도 모르게 되었다는 것 또한 사실이다. 우리는 이제 동시대 사람들을 잘 바라보지도 않게 되었다. 오로지 그들에게서 우리의 처신에 필요한 방향과 규칙만을 찾는 데 급급한 탓이다. 우리는 사람의 얼굴 그 자체보다는 가장 천박한 시詩에 더 관심이 있는 것이다."

존재의 참된 증거인 살과 뼈를 그 자체로서 바라보기 전에 우리는 그 사람의 이름, 신분, 그의 보이지 않는 생각과 인격에 따라서만 그 사람의 모습을 해석하려 든다. 그러나 그 모든 것(이른바 카뮈가 '천박한 시'라고 부르는 것) 이전에 사람의 얼굴은 생명이 약동하는 살과 뼈로 거기에 있다.

한 시간이나 마주 앉아 서로 말을 주고받은 사람의 얼굴이 며칠 지나면 희미한 윤곽으로밖에 떠오르지 않는 경우를 우리는 종종 만난다. 나는 내 앞에 있는 사람의 얼굴을 보지 않고 이른바 그의 말, 표정, 즉 '의미'의 블랙홀에 빠져 있었던 것이다. 그러나 '의미' 이전에 그의 얼굴이 바로 내 눈앞에 존재하기 시작하였다는 사실을 우리는 잊어버리기 쉽다. 침묵 속에, 그 의미 이전의 생명이라는 불꽃 속에, 존재로 나타나기 위하여 잠시 육체가 정지하고 있는 부동 속에, 삶이 그의 전모를 드러낸다. 조토, 피에로 델라 프란체스카의 회화 속에는 그 세 번 증언된 삶이 표현되어 있다. 인간의 육체를 침묵으로 노래한 땅 피렌체에 나는 드디어 도착한다. 1972년 3월 29일 정오.

연두색 잔디로 덮인 구릉들을 지나 레오가 몰고 가는 피아트 127은 경쾌하게 달린다. 고속도로 A번이 로마와 피렌체를 연결한다. 노래하라, 세상에 태어난 기쁨을. 땅 위에 살아 있는 삶의 기쁨을. 고속도로에서 시의 북방으로 접어든 길이 우거진 숲을 뚫고 나가 피아차 델 미켈란젤로의 전망대에 이른다.

다비드의 우람한 조각상이 전 시가를 굽어본다. 아르노 강이 햇빛에 반짝이며 흐른다. 붉은 돔이 시의 도심부에 솟고 그 옆의 숱한 옛 건물들이 꿈 같다.

오스텔로(유스호스텔)는 만원. 그러나 친절한 문지기가 작은 명함을 하나 주면서 시내에 있는 비교적 싼 여인숙 주소를 일러주었다. 비아 카보우르 21번지. 4층 꼭대기의 넓은 방 안에는 오스텔로와 똑같이 병영의 숙사 같은 정경. 2층 침대들 여남은 개가 나란히 놓여 있다. 일주일 후 엑스로 돌아가는 길을 위하여 레오는 베네치아의 역 앞 광장에서 만나자는 약속을 남겨놓고 그의 부모가 기다리는 베네치아로 바삐 떠나버렸다.

류색에서 버너를 꺼내 커피를 끓여 마른 목을 축이다가 나는 곧 파리에서 그림 공부를 한다는 프랑스 청년 질베르의 친구가 되었다. 말이 잘 통하지 않는 나라에서 프랑스 친구를 만나니 그도 나도 마치 고향 사람을 만난 듯 친근해졌다. 돈을 아끼던 고행 따위는 필요 없다는 듯이 돔 가까운 카페에서 핑크빛 음료수를 마시고 골루아즈 담배를 피우며 불어로 마음껏 떠들어대자니 마음이 푸근해졌다.

조토의 구상에 따라 지었다는 토스카나 특유의 건축물 바티스테로는 정결하고 금욕적인 인상이다. 돔 광장에는 젊은이들이 들끓었다. 영어, 불어, 독일어, 이탈리아어들이 한데 뒤엉켜 소리의 숲을 이룬다. 돔 속에는 미켈란젤로의 미완성 작품인 또 하나의 〈피에타〉가 있다. 내겐 언제나 미완성으로 남은 미켈란젤로가 반드러운 대리석의 완성품보다는 훨씬 더 감동적이다. 무거운 돌,

차갑고 어두운 돌, 자연의 다듬지 않은 그 원초적 질료로부터 손, 발, 다리, 어깨의 근육이 이제 생명의 세계 속으로 탄생하려는 고통스러운 순간을 미완성의 미켈란젤로는 더 깊은 감동으로 보여준다.

이것은 나의 공연한 생각이 아니다. 아카데미 미술관에 들어섰을 때 양편으로 즐비한 미켈란젤로의 바로 그 미완성인 듯한 조각들과 중앙의 수려한 다비드 상을 비교해보자. 저 완벽한 다비드의 완성된 아름다움은 오히려 진부해 보이는 것 같았다. 미켈란젤로의 예술은 꿈틀거리는 욕망의 예술, 생명을 향하여 탄생하는 자의 기쁨과 고통의 예술이다.

돌의 어둠 속에 갇힌 원초적인 정신이 형상의 세계로 발을 내디디려 할 때의 역사役使를, 대리석 표면을 두드리는 망치와 끌의 자취는 증언한다. 네 사람의 수인상囚人像은 바로 예술에 의한 탄생을, 예술에 의한 해방을, 그리고 그 꿈을 눈앞에 보여준다. 아니 눈으로 만지게 한다. 위대한 조각품 앞에서 우리들의 눈은 단지 그것을 보는 것이 아니라 만지고 무게를 가늠하고 그 고통의 깊이를 헤아린다. 바로 그렇기 때문에 그 수인들의 조각상들 사이에서 땅덩어리를 두 어깨로 받쳐들고 있는 아틀라스를 발견하는 것은 당연한 일이었다. 아틀라스 신은 지구를 두 손으로 받쳐들고 있기 때문에 힘센 장사가 아니다. 지구의 무게는 독립된 무게가 아니다. 아틀라스의 몸의 일부분이 바로 그가 들고자 하는 땅이기 때문이다.

아무리 무거운 것이라도 자기 몸의 일부분을 함께 들어야 하는 자가 느끼는 무게보다는 덜 무겁다. 아틀라스의 고통은 바로 분리된 타자가 아닌 자아까지도 두 팔 두 어깨로 받쳐들어야 하는 모순된 포지션에서 생겨난다. 그래서 시시포스와 아틀라스는 모순된 조건 속에 태어난 존재의 고통, 그와 동시에 살아 있는 살의 기쁨 속에서 만나는 두 형제이다.

"시시포스에게서는 오직 팽팽하게 긴장한 몸이 엄청나게 큰 돌을 들어 올리고 굴려서 수없이 되풀이하여 언덕 위로 밀어올리려는 노력만이 보인다. 뒤틀린 얼굴, 돌에 꽉 붙이고 있는 경련하는 얼굴이 보인다. 진흙으로 뒤덮인 그 돌덩어리를 떠받는 어깨의 힘, 그 돌을 고이는 한쪽 다리, 팔 끝으로 버티는 되풀이, 흙묻은 두 손의 너무나 인간적인 확신. 하늘 없는 공간과 깊이 없는 시간으로 헤아린 이 모든 노력을 통하여 목표는 달성된다."

이 투쟁과 경련하는 몸의 공간, 그 속에 토스카나 사람들은 신이 아니라 유한한 생명을 가진 인간의 문명을 건설하였다.

우피치 박물관은 위대하였다. 입구에 들어서자 그 첫번째 전시

토스카나의
부활절

실에서 만난 조토와 시마부에의 거대한 마리아 상은 나에게 "드디어!"라는 감탄사를 발음하도록 하였다.

"이 그림들에서 사실, 화려한 것, 에피소드, 뉘앙스 내지 감동도 중요하다. 또 확실히 시적인 것도 중요하다. 그러나 정말 중요한 것은 진실이다. 나는 영속하는 것 일체를 진실이라고 부른다. 여기에서 생각해보아야 할 한 가지 미묘한 교훈이 있다. 이 점에 대해서는 화가만이 우리들의 굶주린 정신을 만족시켜줄 수 있다는 것이 그것이다. 즉 화가는 육체의 소설가 노릇을 할 특권을 가지기 때문이다. 또 화가는 현재라고 하는 이 장엄하고도 덧없는 질료를 가지고 작업하기 때문이다. 그런데 현재는 늘 어떤 몸짓 속에서 그 모습을 드러낸다. 화가는 하나의 미소, 잠시 나타났다가 사라지는 수줍음, 회한이나 기대를 그리는 것이 아니라 튀어나오고 들어간 골격과 따뜻하게 피가 흐르는 얼굴을 그린다. 영원한 선線 속에 고정되어버린 얼굴에서 화가는 정신의 저주를 영원히 추방했다. 그것은 희망이라는 대가를 지불함으로써 가능한 일이었다. 왜냐하면 육체는 희망 같은 것을 알지 못하기 때문이다. 육체가 알고 있는 것은 오직 피의 고동뿐이다. 육체가 알고 있는 영원은 다름 아닌 무심無心이다.

저 피에로 델라 프란체스카의 '태형'이 그러하다. 그림 속, 이제 막 깨끗이 청소한 듯한 뜰 안에서 매질을 당하는 그리스도나 사지의 근육이 무지스러운 형리의 태도에는 다 같은 초연함이 엿보인다. 그 태형에는 뒤에 이어지는 장면이 없기 때문이다. 그림의 교훈은 화폭의 틀 안에 정지되어 있는 것이다. 내일을 기대하지 않는 사람이 그 무엇엔들 감동을 느낄 수 있겠는가? 희망을 모르는 인간의 이 무감각과 위대함은 바로 통찰력 있는 신학자들이 지옥이라고 불렀던 그것이다. 누구나 다 알다시피 지옥이란 다름 아닌 고뇌하는 육체이다. 토스카나 거장들이 관심을 모으는 곳은 바로 이 육체일 뿐 그의 운명이 아니다. 예언적인 회화란 없다. 희망의 이유를 찾을 곳은 미술관이 아니다."

그러나 행복의 이유는 우피치 박물관의 다른 전시실에서 발견할 수 있다. 나는 보티첼리의 〈봄의 찬가〉와 〈비너스의 탄생〉 앞에서 무려 네 시간을 보냈다.

아아, 나는 지금까지 그토록 아름다운 여자를 본 일이 없다. 발뒤꿈치를 들고 꽃가지를 잡으려는 듯이 허공으로 손을 쳐드는 여자의 춤이 그토록 생生의 형용하기 어려운 모든 기쁨을 다 말할 수 있다고 믿어본 일이 없다. 내게는 보티첼리 이상으로 감동적인 화가는 이제 다시 없다. 사람들이 다 나가고 문지기가 문 닫을 시간이라고 말할 때까지 나는 우피치 궁의 보티첼리 그림 앞을 떠나고 싶지 않았다.

인생의 기쁨을 다 담고 춤추어라 봄의 여자들아. 부활절의 꽃의 처녀들아. 터너를 발견한 것으로 내게는 런던 방문은 충분히 감동적이었다. 그러나 피렌체의 보티첼리는 그 정도의 감동을 뛰어넘는다. 오후 세 시에 떠나는 기차는, 그렇다, 나를 보티첼리의 처녀들에게 데려다주었다. 그 기차여행이 내 청춘의 꿈속에서 왜 20년이나 걸렸는지를 나는 이제야 이해한다.

그 후 나는 피렌체의 모든 곳에서 보는 모든 것 속에서 짧고 행복한 그 처녀들의 춤을 발견하였다. 산타마리아 노벨라의 사원 뜨락에 늦게 피는 장미꽃 속에서도 '경쾌한 의상의 그늘 속에서 유방을 흔들며 지나가는 피렌체의 주일 아침의 입술 젖은 여자들'에게서도, 검고 금빛 나는 아르노 강의 황혼 속에서도, '이슬 목구슬을 매달고 꽃들이 눈부시게 빛나는 꽃집'에서도, 아르노 강을 건너는 그 찬란한 다리 위의 보석상들 속에서도, 길을 가면서 깨물어먹는 마른 빵 속에서도 나는 알 수 있었다. 이 삶에 대한 소용돌이치는 욕망의 춤을, 그 불꽃을. '나의 영혼은 불타지 않으면 견디지 못한다'고 속삭이는 내면의 소리가 들린다.

나는 저녁나절을 보볼리 언덕 위에서 보냈다. 그 찬란한 '황금빛 감'이 열리는 철은 아니었으나 꽃들이 만발한, 아직 봄이었다.

"여기서는 오직 대지와 아름다움의 축제 속으로 들어가는 인간의 기쁨만을 말해야 마땅하다. 이 순간에 인간은 마치 새로이 입문한 신자가 그의 마지막 베일을 벗어던지듯 신 앞에서 자신의 오죽잖은 인격을 벗어던지기 때문이다. 그렇다. 행복이 하잘것없어 보이는 곳에 보다 더 큰 행복이 있는 것이다. 피렌체에서 나는 몬테올리베토 동산과 지평선 저 끝으로 뻗어간 도시의 고지대가 눈에 들어오는 전망대에까지, 보볼리 정원의 가장 높은 곳으로 올라가보았다. 산 언덕배기 하나하나에는 올리브나무들이 연기처럼 뿌옇게 보였고 그 올리브 숲으로 이루어진 안개 속에서 물줄기가 뿜어 올라가는 듯한 형상으로 뻗은 시프레나무들의 단단한 윤곽이 두드러져 보였다. 가까이 있는 것들은 초록색으로, 먼 데 있는 것은 검은색으로 보였다. 짙푸른 하늘에는 큰 구름들이 반점처럼 찍혀 있었다. 저무는 오후와 함께 떨어지는 은빛 햇살 속에서 모든 것은 침묵으로 돌아가고 있었다. 언덕의 봉우리들이 구름 속으로 들어갔다. 그러나 한 가닥 미풍이 불어와 얼굴을 스치고 지나갔다. 미풍과 함께 언덕의 저편으로 막이 걷히듯 구름이 갈라졌다. 그와 동시에 갑자기 얼굴을 내민 푸른 하늘에 시프레나무들이 한 줄기 분수처럼 위로 솟구치는 것 같았다. 이 나무들과 함께 언덕 위의 모든 올리브나무들과 돌 더미의 풍경이

천천히 위로 들려 올라갔다. 다시 구름 떼가 몰려왔다. 막이 닫혔다. 그리고 언덕은 시프레나무들과 집들과 함께 다시 내려앉았다. 이내, 다시금 ─ 점점 멀리 사라지는 언덕들 위에 ─ 여기서는 두꺼운 구름장을 열어젖히고 있는 바로 그 미풍이 저기서는 구름장을 닫고 있었다. 이 같은 세계의 거대한 호흡 속에서 같은 숨결이 몇 초간의 간격으로 들락날락하면서 우주적인 규모의 푸가가 돌과 바람의 주제를 되풀이하고 있었다. 그때마다 주제는 한 음씩 낮아졌다. 그 가락을 멀리 뒤따르면 뒤따를수록 나는 점차로 마음이 진정되는 것을 느꼈다. 마음에 완연히 느껴지는 이 원경遠景의 끝에 이르자, 나는 다함께 숨을 쉬면서 멀리 사라져가는 이 언덕들을, 그리고 언덕과 함께 대지의 노래 같은 것을 가슴에 한눈으로 다 껴안을 수 있었다."

이것은 바로 니체가 말한 진정한 '비극'이 탄생하는 장면을 그린 빼어난 묘사다. 우주 전체가 거대한 무대, 거대한 원형극장이 되고, 시프레나무와 올리브나무들이 우주적인 배역을 담당하며, 바람이 그 거대한 무대의 막을 열었다 닫았다 한다. 대지의 푸가는 내면의 귀에만 들리는 숭고하고 아름다운 침묵의 소리이다. 이것이 바로 '인간 없는 자연'의 절망적이고 영원한 아름다움이다. 이 앞에서 동양인은 허무의 품을 발견하였고 '메마른' 가슴의 카뮈는 살이 흘리는 눈물과 투쟁의 의욕을 발견하였다.

베네치아로 떠나기에 앞서 남은 이틀 동안 나는 피에솔레의 언덕, 피사, 시에나, 이 세 곳 중에서 어느 하나를 포기하지 않으면 안 되었다. 나는 좁은 기도실 탁자 위에 그들의 간결한 해골을 남긴 에피큐리언이며 동시에 고행자들이었던 프란체스코 수도사들의 집을 꼭 보고 싶었다. 남는 것은 따라서 피사와 시에나였으니 결국 시에나를 포기하는 수밖에 없었다.

아카데미 미술관 앞에서 버스를 타면 보카치오의 고향, 데카메론의 무대가 된 그 빛 밝은 언덕 지방을 따라 한 시간 채 못 되어 프란체스코 수도원이 있는 피에솔레에 당도한다.

"나는 아침나절을 올리브 향기로 넘치는 피에솔레의 프란체스코 교단의 수도원에서 보냈다. 빨간 꽃들과 햇빛과 노랗고 검은 꿀벌들이 윙윙대는 자그마한 안뜰에서 나는 오랜 시간을 머물고 있었다. 뜰 한구석에는 초록색 물뿌리개가 하나 놓여 있었다. 나는 여기 오기 전에 옛 수도사들이 거처하던 방들을 찾아갔다가 해골이 한 개씩 놓여 있는 작은 탁자들을 보았다. 지금 이 뜰은 그들이 받은 암시들을 증거하고 있었다"라고 카뮈는 썼는데, 30년이 지난 오늘 변한 것은 아무것도 없었다. 깊은 명상과 기도와 금욕의 감금 생활을 기꺼이 받아들인 후 자신의 촉루를 작은 탁자 위에 남기고 간 수도사들의 고즈넉한 부재, 그 앞에 조그맣게 뚫린 창살 너머로 피렌체 시가와 올리브나무, 시프레나무로 뒤덮인 눈물겹도록 아름다운 땅의 풍경이 펼쳐져 있다.

"창 너머로는 피렌체가 내다보이고 책상 위에는 죽음이 놓여 있다. 절망 속에서 어느 만큼 계속하여 견디다보면 희열이 생겨날 수도 있다"라고 썼던 이십대 후반의 카뮈도 지금은 루르마랭의 찬란한 햇빛 속 그 어두운 땅속에 촉루로 묻혀 있으리라.

내가 그곳에서 배운 것은 인생의 무상함이 아니다. 그 촉루와 눈물겹도록 아름다운 피렌체의 창밖 풍경은 무관한 것이 아니라 우리들 삶을 참으로 삶이게 하는 행복과 비극의 표리라는 진실을 「사막」의 시인은 말한다.

그날 오후의 밝은 빛 속에서 나는 언덕 위의 공동묘지를 홀로 거닐었다. "열다섯의 나이로 세상을 떠난 소녀 클라라 잠들다"라고 묘비에 새겨놓은 무덤은 여기에 없다. 위로받을 수 없는 영혼들은 이제 하얀 돌이 되었다.

다음날 나는 기차로 피사를 다녀왔다. 고적을 감상한다는 것, 영화와 그림책에서 여러 번 본 사탑에 올라가본 것에 대하여 나는 길게 말할 것이 없다. 사탑 옆 옛 시절의 무덤, 수해로 훼손된 거대한 벽화 〈죽음의 승리〉는 그 형체를 알아볼 수 없게 되어 오히려 감동적이었다. 나는 돔 광장의 사탑 옆 풀밭에 누워 피로한 몸을 쉬다가 홀연히 잠이 들었다.

잠이 깨니 저녁 빛이 감돌았다. 나는 더러운 아르노 강을 끼고 생선시장을 구경하고 할 일 없이 헤맸다.

멀리 떠나온 후 처음으로 마음이 적적하게 느껴졌으나 그것은 또한 나의 자유스러움을 뜻하는 것이기도 했다.

피렌체로 돌아오는 기찻간에서 나는 한 스무 살쯤 먹어 보이는 중국 청년을 만났다. 라오스에서 온 중국인으로 파리에 와서 어느 가구상에서 뒷바라지꾼으로 고생스럽게 일을 하여 이제 겨우 입에 풀칠을 하고 불어도 익숙해지려는데 그만 라오스로부터 군소집 영장을 받았다는 것이었다. 떠나기 전에 2년 동안 모은 돈으로 구경이나 하러 이탈리아까지 왔다는 그 청년은 자기와 상관도 없는 전쟁이 이제 오랜 노력과 고통의 대가로 얻은 희망찬 삶의 시작을 다 망쳐놓았다고 말하면서 울먹였다. 그의 얼굴은 젊고 아름다웠다. 나는 그 얼굴을 찬찬히 들여다보았다.

역에서 헤어지는 그 중국 청년의 뒷모습은 피렌체의 찬란한 아름다움과 행복의 황혼 속에 잠긴, 아아 나 자신의 참담한 피폐의 얼굴이었다. 그 청년이 지금은 유럽으로 돌아갔을까? 아니면 라오스의 포화 속에 묻혀 있을까?

꿈 속의 죽음,
물 속의
  베네치아

배이자 관이고 관이자 배인 '카롱'의 통나무처럼,
삶과 죽음이 따로 없는 안개 속,
시간도 공간도, 위도 아래도 없는 몽환 속으로
곤돌라가 가고 있다.

피렌체발 베네치아행 기차는 오전 아홉 시에 출발한다. 이탈리아 땅에서의 유일한 유료 여행이지만 생각보다 요금은 비싸지 않다. 선택한 찻간에는 휴가중인 듯한 양키들이 묵묵히 창가에 앉아 있다. 약 세 시간 반의 기차여행, 중도에 차에 오른 다른 미국 녀석들의 음정 높은 영어에 나의 신경은 조금 거슬렸다. 아마도 다른 것도 아닌 토스카나의 풍경을 고즈넉이 바라보고 있는 내 마음의 고요 속에 그 안하무인격의 미국어를 들여놓고 싶지 않았던 탓이겠지만, 다른 한편 내겐 오히려 그들의 태연하고 옆 사람 눈치나 분위기에 철저히 무관심한 태도, 그 거침없는 우월감 같은 것이 신통하게 느껴졌다. 아마도 그것이 메이플라워 호를 타고 신대륙으로 건너간 조상들에게서, 또 그들 나라의 광대한 공간에서 물려받은 긍지인지도 모른다. 해묵은 노老대륙에 수십 세기 동안 쌓이고 쌓인 '문화 콤플렉스'와 완전히 무관해진 이 세대, 이 얄궂은 개량종의 막대한 자유의 힘, 그 행복한 무지의 힘 속에는 아무런 문제가 없어 보인다. 아무렇게나 걸친 블루진 바지며 멋대가리 없고 그저 건강하기만 한 체격, 허름한 셔츠, 손에 든 안내서 『5$ a day in Europ』이 너덜너덜 걸레가 되어 들려 있다.

　기차가 서서히 늪과 같은 물속으로 들어간다. 회색의 하늘, 흐릿한 물, 몽롱한 부표浮標, 피곤해진 사람들의 얼굴, 그 위로 습기 찬 바람이 불어온다. 그렇다. 이제는 더이상 지중해가 아니다. 여기는 아드리아 해, 동방東邦으로 가는 길목, 그러나 또한 그리스로 또는 슬라브 민족의 땅으로 가는 관문이다. 바닷가로 나아갈 때 내 가슴에 이는 설렘, 그 유난한 감각이 내 일생의 추억을 담고 솟아오른다. 제주에서 성산포 가는 버스 안, 그때 내 손에 쥐어 있던 손수건이 내 속에서 솟아오른다. 시골 버스의 차창 밖으로 작은 깃발처럼 나부끼던 그 손수건이 내 자랑스럽던 스무 살의 영혼을 다시 노래한다. 샤토브리앙의 무덤이 보이던 생말로의 바다로 나아가던 여름 하오의 머리칼 흩날리게 하던 바람도 함께 온다. 그리고 인적이 없는 인천 바다를 내려다보는 그 멋없는 공원, 우스꽝스럽고, 고무적이고, 서사적인 비문碑文이 새겨진 맥아더 장군의 동상 옆으로 비끼던 겨울바람도 함께 온다. 동해로 나아가던 군용트럭 위의 바람이 잃어버린 사랑을 싣고 오며 그 끝에는 베네치아가 몽롱한 추억처럼 나타난다. 기차는 깊고 꺼먼 물속으로 가라앉듯이 들어간다. 죽음의 베네치아, 기차가 그 이상한 죽음 속으로 들어간다.

"왜냐하면 그때 마침 기관이 방아 찧는 동작을 새로이 시작하고 배가 목적지의 바로 앞에서 중단되었다. 항해를 다시 시작하여, 산마르코의 운하를 지나서 전진하였기 때문이다. 그래서 그는 다시 그것을 보게 된 것이다―세상에서 가장 놀랄 만한 부두의 경치를, 그 공화국이, 항해하여 들어오는 사람들의 우러러보는 시선을 마중하며 보여주는 환상적인 건물들의 눈부신 구조를―그리고 궁전의 경쾌한 미관, 탄식의 다리, 물가의 돌로 된 사자와 성인聖人이 달린 기둥, 동화궁童話宮의 찬란히 돌출한 측면, 문전 길과 시계탑이 보이는 경치 ― 그와 같은 것을 바라보면서 그는, 육로를 통하여 베네치아 정거장에 도착한다는 것은, 궁전에 들어가는데 마치 뒷문으로 들어가는 것과 같은 것이라고, 그리고 누구나 이 세상에서 가장 기적적인 이 도시에 들어가는 데는 지금 자기와 같이 배를 타고 바다를 건너 들어가야 할 것이라고 생각하였다."

오십대의 대예술가 구스타프 폰 아셴바흐는 폴라 섬에서 기선을 타고 베네치아로 오면서 이렇게 생각하였다. 그의 말대로라면 나는 과연 베네치아 공화국의 뒷문으로 들어온 사람이었다. 그러나 나는 끊임없이 피곤을 느끼는 토마스 만의 주인공이 아니라 이십대 후반의 젊은 방랑자에 가까웠다. 그리하여 나는 오히려 구스타프 폰 아셴바흐에게 '일종의 가슴 설레는 불안, 멀리 가보고 싶은 젊은 마음의 갈망, 아주 생생하고 아주 새롭고 그러면서도 벌써 오래전에 시들었던 감각'을 자극하였던 그 방랑자를 연상시키기에 적합했을지도 모른다.

역에 륙색을 맡기고 홀가분한 차림으로 앞으로 나서니 운하를 끼고 가는 대로는 관광객들로 붐빈다. 배를 타고 시의 중심부로 가기 전에 나는 빈 배 속의 요구를 들어주어야 할 판이어서 망설였다. 아드리아 해의 새우튀김이나 문어튀김은 이탈리아 특산의 포도주와 잘 어울린다. 그러나 새우도 문어도 이탈리아어로 그 이름을 알지 못하는 나는 바쁜 식당 아가씨의 팔을 이끌고 진열장까지 가서 짚어 보이며 골라오는 수밖에 없었다.

이제부터 현대의 모든 도시들을 소음과 위험과 피곤의 밀림으로 탈바꿈시키는 자동차들과는 무관해진다. 분주히 오가는 발동선들이 작은 섬과 섬을 연결하는 버스이며 관棺처럼 시커먼 곤돌라가 택시요 운하가 길이다. 나는 많은 관광객들 틈에 끼어서 드디어 베네치아 공국의 정문 산마르코 사원 앞 광장에 당도하였다. 사원의 옥상에 올라가서 허공을 향해 앞발을 들고 있는 마상馬像들을 바라보고 있으려니 문득 내가 가보지 못한 빈을 묘사한 카뮈의 한 구절이 생각났다.

"빈은 그래도 좀더 조용해 보인다. 그것은 마치 뭇 도시들의 한가운데 있는 처녀와도 같다. 그곳의 돌들은 3세기를 넘지 않았고 그곳의 청춘은 우수를 알지 못한다. 그러나 빈은 역사의 교차로에 있다. 그 도시의 둘레에서는 제국들의 충격이 찌르릉거린다. 하늘이 피로 물드는 저녁나절이면, 돌로 만든 말들이 링 광장의 기념관들 위로 날아가려는 듯하다." 산마르코 광장에서는 부활절을 기념하기 위하여 베네치아 시립교향악단이 헨델의 〈메시아〉를 연주하고 있다. 다음 프로그램을 보니 내가 좋아하는 마스카니의 〈카발레리아 루스티카나〉였다. 오후 네 시 반, 적어도 다섯 시까지는 유스호스텔에 가야 침대를 차지할 수 있다는 것을 알면서도 나는 피곤한 몸을 움직이기 싫었고 〈카발레리아 루스티카나〉의 간주곡을 놓치기 싫었다. 광장의 맨바닥에 털썩 주저앉아 나는 음악을 들으면서 간단없이 우리들 곁으로 날아 내려앉는 비둘기 떼를 바라보았다.

"신과 같이 고귀한 자의 얼굴이, 완전무결한 육체가 나타났을 때에 고상한 인간들에게만 일어날 수 있는 성스러운 불안에 대하여 소크라테스는 파이드로스에게 이야기하였었다. 그런 때에 그것을 느낄 수 있는 고상한 인간이 얼마나 격심하게 몸을 떨고, 자기 자신을 잊어버리고, 심지어 똑바로 쳐다볼 용기조차 가지지 못하고, 다만 그 아름다움을 지니고 있는 자를 숭배하는 것인가…… 그것은, 파이드로스여, 잘 기억해두라! 그것이야말로 우리가 감각적으로 받아들이고, 감각적으로 지녀나갈 수 있는 단하나의 형태인 것이다. 만일 그렇지 않고, 그 밖의 거룩한 것이, 즉 이성이라든가, 덕망이라든가, 진리든가, 그런 것이 우리들에게 감각적으로 나타난다면, 우리는 대체 어떻게 될 것인가? 그러나 아름다움은 느낌을 가질 수 있는 자가 정신에 이르는 유일한 길인 것이다. 사랑하는 사람은 사랑받는 사람보다 한층 더 신에게 가깝다는 이야기이다. 왜냐하면 전자 속에는 신이 있지만 사랑받는 사람 속에는 신이 없다는 것이다."

아름다운 육체, 생명감, 예술 그리고 미에 대한 깊은 연정은 구스타프 폰 아셴바흐를 '베네치아에서의 죽음'으로 인도하였지만 내가 넋을 잃고 듣고 있던 마스카니의 간주곡은 산마르코 광장의 맞은편 섬에 있는 풍광 좋은 유스호스텔 정문 앞 'No place for boys'라는 팻말 앞으로 인도하였다. 여자들을 위한 침대는 아직 몇 개가 남아 있었으나 남자용 침대는 만원이었다. 만원도 벌써 엊그제부터 만원이라는 것이었다. 잠자리를 구하지 못한 사람은 나뿐이 아니어서 프랑스의 루앙에서 온 어느 대학생, 헝가리의 부다페스트에서 음악을 공부한다는 청년, 스트라스부르 대학에서 학위를 준비한다는 뉴질랜드 청년 등 우리는 결국 같은 신세의 집 없는 천사들이 되었다.

유스호스텔이 문을 닫는 밤 아홉 시까지 홀에서 시원찮은 식사로 만족하며 뉴질랜드 친구가 버너에 끓인 즉석 완두콩 수프의 그 소금 맛 지독한 냄새로 처절한 기분을 달래고 있었다. 어디서 밤을 보낼까? 왠지 나는 조금도 걱정이 되지를 않았다. 객지에 나와 있다는 두려움은커녕 세계가 모두 내 집만 같았다. 결국 배를 타고 다른 섬에 들러 이곳저곳 여인숙과 호텔을 찾았으나 빈방 구할 가망은 전무하였다. 나는 문득 그 얼마 전에 프랑스에서 본 비스콘티의 영화 〈베네치아의 죽음〉을 생각하였고 그 아름다운 리도의 아드리아 해변에 나란히 늘어서 있던 탈의장의 작은 막사들을 기억했다. 아직 날씨가 쌀쌀한 봄철이고 그 해변의 탈의장이 비었을 테니 거기 가서 자면 어떠냐고 나는 친구들에게 제의했다. 그러나 루앙에서 온 마르셀에게는 베네치아에서의 노숙이 이미 첫날이 아니어서 바로 그 전날 밤, 아닌 게 아니라, 자기도 그 영화 생각을 하고 리도에 갔었으나 탈의장의 작은 막사 안은 너무 추웠고 순찰 도는 경찰이 노숙을 금지한다는 비관적 정보를 제공했다.

결국 우리는 베네치아 역에 가서 하룻밤을 보내기로 작정했다. 역에 맡겼던 륙색에서 침낭을 꺼내들고 대합실로 들어가니 그곳 역시 초만원이어서 벤치에는 엉덩이를 들여놓을 자리도 없었다. 모두들 호텔을 구하지 못한 관광객들과 젊은이들이었다. 나는 부다페스트에서 온 청년과 나란히 역의 메인홀 땅바닥에 침낭을 깔고 태연스럽게 누워 서로 어려운 영어와 불어로 구두시험 치는 듯한 대화를 주고받았다.

열한 시쯤 되어 눈을 붙이려는데 홀 안이 술렁거렸다. 역의 계원 같기도 하고 경찰 같기도 한 몇 사람들이 대합실 안에 남아 있는 사람들에게 무엇인가를 요구하고 있었다. 가만히 눈치를 보니 출발 승차권을 조사함으로써 단순히 노숙을 목적으로 한 나 같은 사람들을 차례로 쫓아내는 듯하였다. 드디어 내 차례가 와서 그 제복 입은 사람이 내게 뭐라고 말을 건넸다. 승차권을 보자는 것이 분명했다. 나는 완전히 의사가 통하지 않는다는 시늉을 몇 차례 했다. 그러자 답답해진 그는 옆 사람의 차표를 집어 내게 보이며 이런 것을 내보이라는 시늉을 했다. 다급해졌지만 나는 시치

미를 떼고 피렌체에서 베네치아로 오느라고 기왕에 사용해버린 차표를 내보였다. 상대방은 답답하다는 듯 그 표는 무효라고 손을 내저었다. 나는 벙글벙글 웃으면서, 다른 방법이 없는지라 불어도 영어도 아닌 한국어로 안심하고 마구 중얼거렸다. 이 녀석아 이렇게 멀리 와서 호텔도 만원이고 탈의장에서도 못 자게 하면서 역 대합실 바닥에서 자겠다는데 그것도 못하게 하면 너희 집 안방을 빌려줄 테냐?—아니면 바닷속 용궁에 들어가 자란 말이냐?—한참 동안 국적을 분간할 수 없는 내 한국어의 기나긴 사설을 들은 그는 어쩔 수 없다는 듯이 나를 지나쳤다. 상대방이 알아듣지 못한다는 것을 절대로 확신할 수 있는 나의 모국어의 희소가치에 대하여 그때처럼 감사해본 일도 드물다. 그 덕분에 내 곁의 캐나다 친구는 물론이려니와 나 이후에 차표를 갖지 않은 모든 사람들이 도매금으로 구제당한 것은 오로지 그 역무원에게는 철저하게 '무의미'한 한국어 덕분이었다.

나는 나의 일생 중 역 대합실 바닥에서 잠을 이루어본 것은 그때가 처음이었고 더군다나 밤중에 놀라 깨었을 때 알지 못할 외국어의 잠꼬대를 아득히 들어본 것도 처음이었다. 전등이 환하게 켜진 홀 안에 이리저리, 앉아서, 누워서 잠든 어른과 아이와 남자와 여자들, 아직도 잠들지 않고 속삭이는 사람들, 부스스 일어나

꿈속의 죽음,
물속의 베네치아

밖으로 나가는 사람. 나는 땅바닥에 엎디어서 머릿속에 세계지도를 펴놓고 나의 위치를 생각해보고 지구 저편 극동의 대륙 한 귀퉁이에 매달려 있는 내 조그만 고향을, 그곳에 남겨두고 온 정든 사람들, 그럴 때일수록 더욱 얄궂게 그리워지는 사람들을 생각하였다.

새벽 네 시 반경 다시 홀연히 잠이 들려는데 또 사람들이 들이닥치며 홀 청소를 할 테니 나가달라고 깨우는 바람에 우리는 결국 짧은 밤을 보내고 밖에 나섰다. 화장실에서 간단히 세수를 하고 나서려는데 땅바닥에 나란히 떨어져 있는 5리라짜리 동전들 대여섯 닢이 눈에 들어왔다. 그것을 주워 들고 임자를 찾아주려는데 아무도 자기의 것이라고 나서는 이가 없었다. 캐나다 친구는 굳이 주인 찾을 필요 없으니 엊저녁에 네가 한국어로 잠자리를 구해준 성금이라 여기고 넣어두라는 것이었다. 무료 숙박에 횡재를 하였으니 아드리아 바다에서 잡힌 새우튀김과 포도주가 벌써부터 푸짐하게 나의 점심식사라며 대기하고 있을 것만 같았다.

아아! 역의 대합실에서 자지 않았더라면 내가 어떻게 그 새벽의 꿈 같은 베네치아의 얼굴을 몰래 훔쳐볼 수 있었겠는가? 물속에 잠긴 수상도시가 다시 한번 그 꿈의 안개에 파묻히고, 다만 커다란 부표들과 건물의 첨탑들만이 안개를 뚫고 솟아 있는 풍경은 내 눈이 볼 수 있었던 유례없는 현실 속의 꿈이었다. 페데리코 펠리니가 그의 어린 시절의 모든 몽상과 사랑과 신비를 초현실주의적인 방법으로 묘사하고자 했다는 영화 〈아마코드〉 속 안개도 그러하였다. 모든 사람들이 잠든 새벽안개 속의 베네치아에서 나는 유령처럼, 꿈속의 사람처럼 운하를 따라 난 소로들을 이리저리 헤매어다녔다. 나는 어디 있을까? 나는 누구일까? 나는 몇 살쯤 먹은 사람일까? 아아 우리들이 잠든 사이에 한 도시가, 한 땅덩어리가, 하나의 별이 이렇게 잠깐 다녀오는 세계는 이와 같은 것이다. 나는 본의 아닌 노숙 덕에 그 꿈길을 다녀오는 베네치아를 남몰래 숨어서 보았다. 어제 관광객들로 붐비던 그 산마르코 광장에는 시립교향악단도, 비둘기도, 마스카니의 음악도 없고 다만 안개가 가득하였다. 뿌연 바다에 죽음과 이야기를 나누는 듯한 곤돌라들이 꺼먼 장대에 매달려 가볍게 흔들린다.

"옛 이야기의 시대로부터 전혀 변하지 않고 그대로 내려온 그 이상한 선박, 그 시꺼멓고 이상한 모양이 온갖 물건들 가운데에서 관棺만 닮아가고 있는 괴상한 물건—그것은 물결이 살랑거리는 밤에 소리 없이 죄를 범하는 무슨 모험을 연상시킨다. 그뿐 아니라 심지어 죽음 자체를 연상시키며 시체가 들어 있는 관, 음산한 장례의 의식, 그리고 마지막에 말 없는 행진을 연상시킨다. 그리고 그 배의 좌석, 관같이 까만 니스를 칠한 위에 거뭇거뭇한 방석이 놓여 있는 안락의자, 그것은 이 세상에서 가장 보드랍고 가장 호화스러운 좌석, 사람을 축 늘어지게 만드는 좌석이라는 것을 사람들은 깨달았던 것일까? 아셴바흐는 그것을 깨달았다. 뱃머리에 차근히 쌓인 자기의 짐과 마주 보고 뱃사공의 발치에 자리를 잡았을 때에 그것을 깨달은 것이다."

안개 속의 곤돌라들은 저 깊은 잠과 같은 죽음 속을 끝없이 그렇게 가고 있는 듯하다. 배이자 관이고 관이자 배인 '카롱'의 통나무처럼, 삶과 죽음이 따로 없는 안개 속, 시간도 공간도, 위도 아래도 없는 몽환 속으로 곤돌라는 가고 있다.

날이 밝자 나는 아카데미아 델 아르테 모데르나의 어둡고 긴 회랑을 돌면서 아침의 안개를 조금씩 머릿속에서 걷어냈다. 빛이 차츰 그 수상도시에 깃들고 더러운 운하 곁으로 생활이 되돌아오고 인간의 언어들이 수군거렸다. 내가 어느 그림 앞에 무심코 서 있을 때 여남은 살 되어 보이는 아주 조그만 계집아이가 다가와서 문득 "선생님은 저 그림이 누구의 것인지를 아십니까?"라고 물었다. 문득 혼자의 생각에서 헤어나 가만히 생각하니 그것은 불어였다. 나는 그 아이의 초롱초롱한 검은 눈동자를 바라보았다. "잘 모르겠는데 아마 파울 클레가 아닐까?" 나는 자신이 없어 그림 앞으로 다가가 확인하려고 하였다. 그때 뒤에서 어떤 여자가 "당신은 그림에 대해서 잘 아시는군요"라고 말했다. 계집아이의 어머니인 듯한 검은 머리의 부인이었다. "옳습니다. 그것은 클레에 틀림없습니다." 먼 베네치아의 낯선 미술관에서 우연히 주고받은 프랑스어의 그 정다움은 잠시 내 마음속을 따뜻하게 하였다. 부인은 아주 나직하게 미소를 짓고 있었다. 사람이 거의 없는 그 회랑에는 우리 셋뿐이었다. 어디선가 사원의 종소리가 은은하게 울렸다. 나는 가만히 부인에게 목례를 하고 나오면서 문득 내가 아직도 꿈을 깨지 못하고 있는 것이라는 생각을 아득하게 했다.

미술관 앞 좁은 골목길을 돌아 나오다가 문득 나는 한국의 뒷골목에서 종종 마주치는 대폿집의 진열장 같은 것을 발견했다. 유럽에서는 한 번도 본 일이 없는 구운 생선을 파는 집이었는데 아주 먹음직했고 각 토막마다 정가가 붙어 있어서 안심하고 들어갈 수 있었다. 홀 안에는 사십대가량의 건장한 사내가 혼자 앉아 포도주를 마시고 있다가 내게 인심 좋은 웃음으로 인사를 했다. 그는 내 테이블로 와 앉으며 알은체를 하였지만 언제나 그렇듯 귀머거리의 대화, 흔하지 않게 만나는 아시아인에 대한 호기심과 호의를 그 사람은 그의 모든 천재를 다하여 표현하려 했지만 뜻같지 않았다. 몇 개씩 던지는 영어와 불어 단어를 종합하면 그는 외항선의 선원으로 일본의 요코하마를, 그리고 뉴욕을 잘 안다는 것이었고 오후 네 시에 다시 배를 타고 베네치아를 떠나야 할 몸이라는 정도였다. 나는 그에게 생선 한 토막을 권하였고 그는 나에게 포도주를 내었다. 이 우주에는 지구라는 별이 있어, 그 별 위에서는 이처럼 낯선 두 생명이 그렇게 어느 지점에서 잠시 만났다 헤어지는 우연도 일어난다. 그리고 영원히 아마도 영원히, 다시 만나지 못할 그 사내의 주름지고 잘생긴 얼굴을 바라보며, 나는 엄청나게 큰 그의 손을 잡아 악수를 하고 밖으로 나왔다.

그날 저녁 나는 일찌감치 유스호스텔에 도착하였고 2층에 침대를 하나 얻었는데 나의 침대는 2층의 것이어서 올라가기는 어려웠지만 자리에 엎드린 채 창밖으로 대운하 하나를 사이에 두고 산마르코 사원을 바라볼 수 있는 명당자리였다. 사람들이 2층 침대라는 것을 고안한 것은 나와 산마르코 사원의 밤을 위해서는 참으로 감미로운 일이었다.

그 이튿날 나는 유스호스텔에서 친구가 된 프랑스군의 탈영병 자크와 함께 시내 구경을 나섰다. 배를 타고 다시 산마르코 광장에 도착하니 탄식교와 동화궁 근처에는 많은 직업 화가들이 목탄으로 손님(관광객)들의 주문에 따라 순식간에 베네치아의 풍경을 그 익숙한 속도로 그려주고 있었다. 화판 앞에 앉아서 자신의 초상화를 그리게 하고 있는 어떤 비만한 미국 처녀의 얼굴에 난 그 자욱한 주근깨들을 세고 있으려니 자크가 신음 소리를 내면서 나를 불렀다. 그는 이상하게 웃어대면서 "스피드! 스피드!" 하고 연거푸 소리쳤다. 그는 미친 사람 같았다. 아침에 호스텔을 나오면서 LSD인가 마리화나인가를 먹은 그에게 이른바 '꿈의 풍경'이 시작한다는 것이었다. 경찰에 발견될까봐 겁이 나서 나는 그 녀석을 끌고 골목을 한없이 걸어가서 드디어 사람이 거의 없는 사원 속으로 들어갔다. 나는 지금 그 사원 이름을 기억하지도 못하고 어디쯤에 있는지도 모른다. 다만 〈최후의 만찬〉을 그려놓은 그 거대한 벽을 바라보고 앉은 내 옆의 자크가 끊임없이 그 '꿈'에 도취하여 터뜨리는 웃음소리가 어둠침침하고 음산한 사원 속에서 마치 동굴 속 선사시대의 웃음소리처럼 크게 울리던 나 혼자의 이상한 '꿈'이 생각날 뿐이다.

길을 걸어가면서 빵과 하몽으로 간단히 요기를 한 우리는 배를 타고 리도로 갔다. 운하로 배를 타고 이리저리 왔다 갔다 했을 뿐인 나에게는 그나마 리도에의 항행은 바다로 나가는 머나먼 여로의 착각을 불러일으켰다. 해풍이 나직이 불었다. 아드리아 해를 빠져서 그렇게 가면 동방으로, 그리스로, 인도로, 그리고 마침내 나의 고향으로 가닿을 수 있을 것 같았다.

리도의 봄바다는 아직 쌀쌀하였다. 바닷가에는 과연 토마스 만의 소설과 비스콘티의 영화가 그리고 있는 대로 탈의장용 막사들("그 막사들은 앞에 조그만 단이 붙어 있어서 마치 베란다에 앉듯이 사람들은 그곳에서 편안히 휴식한다"고 토마스 만은 묘사했다)이 늘어서 있었다. 거기에는 물론 '맨발에 빨간 넥타이가 달린 리넨 양복'을 입은 미소년 '타지우'도 없었고, 그곳 어느 모래사장 위에서 '제 동무들로부터 떨어진 외톨이가 되어 그냥 격리된 현상으로 머리카락을 훨훨 날리며 저 먼 바닷바람 속을, 안개와 같이 끝없는 세계의 앞을 이리저리 거닐고 있는' 타지우의 모습을 황홀하게 바라보다가 쓰러져버린 예술가 구스타프 폰 아센바흐도 없었다. 이른 봄의 빈 바다와 한 떼의 개구쟁이들, 그리고 바닷가의 피차리아 식당이 한가하게 손님들을 접대하고 있을 뿐이었다. 모래사장 위의 피차리아 의자에 멀거니 앉아 바다를 바라보며 타지우의 환영을, 그 아름다움을, 땅 위에 왔다가 쉬 지나가는 짧고 행복한 사람들의 일생을 나는 생각하였다.

"잔잔한 파도는 조금씩 다가와서 그의 발끝을 적시곤 하는 것이었다. 꿀빛깔의 머리털은 곱슬거리면서 뒷덜미와 목에 흘러내리고, 태양은 척추의 윗부분에 있는 솜털을 비춰주었다. 그리고 늑골의 섬세한 자국과 가슴의 균형은, 동체가 평평하게 졸리도록 입고 있는 수영복을 통해서 또렷이 드러나 보였다. 겨드랑이는 무슨 조각품에서와 같이 매끈하였고 정강이는 반짝였다. 구김살 없이 쪽 펴져 있고 젊음 속에 완전무결한 아름다움을 나타내는 그 육체 속에는 대체 어떠한 규율이, 어떠한 사상의 정밀함이 표현되어 있을 것인가! 어둠 속에서 작용하여 그처럼 신기한 조각을 만들어낼 수 있었던 그 엄격하고 순수한 의지는 예술가인 아센바흐 자신에게도 잘 알려져 있고 익숙한 것이 아니던가? 바로 그것이 그가 냉정한 정열로 언어라고 하는 대리석 덩어리로부터 날씬한 형태를 풀어내놓을 때 그 자신에게도 작용하였던 것이 아니던가?—그리하여 그가 그 날씬한 형태를 머릿속에서 보고 정신적인 미를 조각한 반영反映으로서 사람들에게 드러내 보여주던 본체가 아니었던가?"

그 유동적이며 형태를 거부하는 바다의 영원과 그 곁에서 형태적 아름다움과, 쉬 지나가지만 생명 의지를 현실로 실현하고 있는 필사의 육체는 우리들 삶과 직결된 미의식의 원천인지도 모른다. 참담한 생명의 의지, 참담한 미美의 의지를 바닷가의 아름다운 육체보다 더 감동적으로 증언하는 것이 어디 또 있겠는가? 최초의 여자 아프로디테는 아마도 저 형태미를 거부하는 바다로부터 솟아나는 생명이기 때문에 참으로 아름다운 것이리라.

산마르코 광장 뒤의 베네치아 제일 우체국 국 유치 우편물계에 브라이언의 편지는 와 있지 않았다. 그는 코르시카에서 부활절을 다 보내기로 결심한 것인지도 모른다. 그리하여 제노아의 시립박물관 앞에서 만나기로 한 우리의 약속은 영원히 연기되었다. 사람과 사람이 만나기 위해서 선행되어야 하는 두 가지 조건, 공간성과 시간성 중에서 우리는 오직 공간의 약속만을 해두었을 뿐이었다. 그리고 오늘까지도 우리는 그 만남의 시간을 정하지 못한 채로 있다.

후에 내가 엑스에 돌아와서 안 일이었지만 브라이언은 베네치아로 편지를 했었고 그가 제의한 약속에 따라 빗속을 달려 제노아 시립박물관 앞에서 진종일 기다리다가 결국은 다시 혼자서 엑스로 돌아오고 말았다. 그러면 결국 주인을 찾지 못한 그 우편물은 이탈리아 어디선가 지금도 우리들을 기다리고 있는지 모른다. 나는 약속대로 아침 아홉 시 베네치아의 자동차 정류장 앞에서 레오를 기다렸고 그는 정각에 왔고 억수로 쏟아지는 폭우를 뚫고 엑스로 돌아왔다. 빗속의 베네치아는 내가 떠나는 이상한 여행의 꿈이었다. "이것이 베네치아이다. 아첨 잘하고 신용할 수 없는 한 사람의 미녀와도 같은 도시, 반은 동화요 반은 여행자를 사로잡는 덫과 같은 도시, 그 속의 썩은 공기 속에는 일찍이 예술이 사치스러울 정도로 무성하고 음악가들은 그곳으로부터 가볍게 몸을 흔들어서 포근히 잠재우는 듯한 음향을 받아들였던 것이다."

꿈속의 죽음,
물속의 베네치아

발레아르의
영원한 봄

이런! 이제 곧 비와 눈이 오리니
초원에 달려가서 춤추어라
푸르러가는 초원에
나도 너와 함께 가리라
— 페레리코 가르시아 로르카

토스카나에서 돌아온 지 1년이 되던 1973년의 부활절, 나는 결국 아무런 여행 계획도 세우지 못한 채 엑스에서 책을 읽으며 보냈다. 유럽에서 내가 맞는 네번째 부활절, 나는 떠나지 못했다. 한사코 끝내지 않으면 안 될 학위논문이 나의 그런 여유를 허락하지 않았기 때문이었다. 부활절도 끝나고 4월 하순이 될 무렵, 어느 날, 1년 전에 캐나다의 대학교직으로 돌아간 브라이언이 문득 그곳의 여름방학을 맞아 유럽으로 온다는 편지를 보내왔다. 마리난 공항에서 맞은 브라이언은 작은 호수들과 붉은 야생화들을 바라보며 함께 엑스로 돌아오는 차 안에서 "드디어! 드디어!" 하면서 친구와 프로방스를 되찾은 기쁨을 억제하지 못하였다.

스위스와 파리 여행을 한 달쯤 하고 돌아온 그 친구는 기숙사에서 몇 주간 공부를 하고 나더니 "아니 공부도 공부지만 난 방학을 보내러 유럽에 왔단 말야!" 하고 투덜거렸다. 그 뒤부터 일주일 동안 줄곧 어디든 떠나자고 졸라대기 시작했다. 논문 핑계만으로는 더이상 그의 유혹을 뿌리칠 수 없게 되자 비용이 너무 든다는 이유로 떠나지 못하는 내 궁핍한 사정을 설명했다. 이튿날, 그는 마침 그렇다면 잘되었다는 듯이 바르셀로나발 이비사행 비행기 표 두 장을 끊어왔다. 자동차로 스페인의 바르셀로나까지 가서 차를 공항에 맡겨둔 후 발레아르 섬으로 왕복 비행기 여행을 하고 그다음에 다시 자동차를 찾아서 돌아오자는 자세한 계획까지 짜놓고 이래도 안 가면 친구가 아니라고 협박이었다. 아아! 내가 왜 여행을 마다하겠는가? '떠난다!'는 그 생래적 충동에 비하면 사실 학위논문은 그 충동을 지속적으로 유지하려는 부차적인 수단에 지나지 않았다. 게다가 카뮈의 이십대, 그 정신적, 지리적, 시적 여행을 언제나 책 속에서만 읽던 내가, 그의 무명 문학청년 시절의 머나먼 여행지를 되찾아간다는 것을, 그리고 무엇보다도 지중해의 한복판에서 유럽 대륙과 아프리카 대륙을 양쪽으로 당기고 있는 마요르카, 미노르카, 팔마, 이비사, 포르멘테라 섬들의 부름을 내가 어찌 거절하겠는가?

나는 읽던 바슐라르도, 카뮈도, 다 접어두었다. 아침부터 저녁까지 그 좁고 단조로운 기숙사 방 속에서 두드리던 타이프라

이터도 상자 속에 넣어두었다. 곧 한국으로 귀국하기로 되어 있는 C를 그 기숙사 뙤약볕 찌르릉거리는 정문 앞에서 작별하였다. 사람들이 다 떠나간 여름 기숙사, 그 햇볕 속의 폐허와 같은 정적을 뒤에 남기고 우리는 대로로 나섰다. 가급적이면 지도를 찾아 낯선 샛길로 골라서 서쪽으로 나아갔다. 프로방스의 무성한 가로수들이 길 위에 그늘을 드리우고 그 사이로 햇빛의 반점들이 아른거리고 군데군데 복숭아와 멜론을 따다 파는 노점들이 그 달콤한 과육 향으로 마음을 끌었다.

생레미드프로방스, 님, 몽펠리에, 그리고 세트, 폴 발레리의 고향이며 내가 좋아하는 시인 가수 조르주 브라상의 향토인 세트의 작은 항구에 차를 세우고 내항内港에서 졸고 있는 보트들과 바다를 애무하는 햇빛을 바라보며 작은 카페에서 초록의 박하수를 한잔 마시니, 아아, 그렇지, 이것이 프로방스다, 아아, 그렇지 이것이 지중해다. 아아, 이것이 땅 위의 여름이다, 라고 나의 가슴이 외쳤다. 브라이언도 씩 웃었다. 사람들은 무언의 행복을 쉬 알아차린다. 바닷바람 속에서는……

"어떤 땅과 맺어진 자신의 유대를 느낀다는 것, 몇몇 사람들에 대한 사랑을 감지한다는 것, 가슴이 친화를 찾을 수 있는 장소가 언제나 어디엔가 있음을 안다는 것, 그렇다, 그것만으로도 벌써

한 인간의 살이 맛볼 수 있는 대단한 확신이다. 그것으로 충분한 것은 아닐지도 모른다. 그러나 그 영혼의 고향에서는 모든 것이 어떤 몇 순간만을 향유하려고 동경한다. '그렇다, 바로 그곳으로 돌아가야 한다.' 플로티누스가 염원하던 그 영혼의 일체감과 통일을 이 땅 위에서 발견한다는 것이 왜 이상하게 여겨지겠는가? 여기에서는 일체감이 태양과 바다의 언어로 표현된다. 고유한 쓰디쓴 맛과 위대함을 함께 가진 육체에 대한 향성向性을 통하여 그 일체감은 가슴에 느껴진다. 인간을 초월하는 행복이란 없다는 것을, 하룻날의 곡선 저 너머에 영원은 있지 않다는 것을 나는 배운다. 이 비천하나 본질적인 인간의 부, 이 상대적 진실만이 나를 감동시킨다."

몽펠리에에서 8킬로미터 떨어진 그 황량한 바닷가, 썩은 해물의 냄새가 자욱이 풍기는 늪이 펼쳐 있고 바다와 늪을 경계 짓는 운하를 따라 북유럽의 동화에 나오는 듯한 대여섯 채의 집이 늘어선 레자레스키에 바닷가에도 우리는 다시 들러보았다. 앙드레 지드의 처녀작 『앙드레 발터의 수기』는 이 늪과 바다, 이 외딴집들의 황량한 정서를 그리고 있다. 부와 비밀이 없는 전라의 행복만으로 가득 찬 지중해안에 문득 숨어 있는 이 황량한 풍경을 나는 언제나 뜻밖의 비밀인 양 마음 한구석에 고이 간직해왔다. 피레네 산맥 쪽으로 나아가기 전 우리는 기나긴 세트의 해안을 따라갔다. 이내 부유한 사람들의 무성한 포도밭들이 나타났다. 툴루즈에서 하오가 저물고 카르카손의 거대한 성곽은 저녁 빛 속에서 거대한 중세의 도시처럼 우뚝 솟아 있었다.

생텍쥐페리의 항로들을 통하여 내 이상한 상상력의 문화를 건설하였던 페르피냥에서 차를 멈추고 자동차 속에서 우리들은 세트의 바닷물이 덜 마른 수영복을 양복으로 갈아입었다. 뒷골목을 한 시간 가까이 헤매다니며 골라낸 해묵은 식당의 식사는 참으로 푸짐했다. 열아홉 살이나 스무 살쯤 먹어 보이는 금발의 아가씨는 음식을 날라 올 때마다 나를 유심히 쳐다보며 웃더니 끝내는 참지 못하고 이 식당에서 아시아 사람을 만나게 된 것이 기쁘다고 말하며 악수하고 싶다고 하고 얼굴을 붉혔다. 촌사람 같은 그 부끄러움이 오랜만에 내 가슴을 사춘기 같은 박자와 감동으로 두드렸다. 오직 우연만이 그렇게 만나게 하는 몇 순간의 처녀들을, 생명들을, 그리고 필연必然이 헤어지게 하는 그 웃음과 수줍음들을 나는 사랑한다. 어둠이 도시의 길 속에 꿈의 불빛을 일깨우는 페르피냥을 떠나면서 문 앞까지 나와 전송하는 금발의 처녀, 나는 결국 그의 이름을 물어보지 못했다. 비극 냄새가 나지 않는 헤어짐의 가벼운 슬픔을 나는 감미롭게 음미한다. 아를의 카페에서

발레아르의
영원한 봄

어느 봄날 만났던 한 떼의 처녀들과도 나는 그렇게 헤어졌다. 우리의 옆 테이블에 자욱이 앉은 그 찬란한 젊음들과 나는 말을 건네보지 않았으나 종종 마주치는 그들의 눈길이 얼마나 많은 것을 말하고 있는지 막연히 느꼈었다. 내가 밖으로 나와 차를 타고 떠날 때야 창가에 가득히 얼굴을 내밀며 손을 흔들던 그들의 웃음이 때때로 내 기쁨의 살이 되어 만져진다.

아름다운 경치를, 과목果木에 자욱이 열린 풋사과들을, 숲 속의 빈터에 쏟아지는 햇빛을, 사라지는 사람들의 영원히 다시 못볼 뒷모습을, 평원 위의 저녁 빛 속으로 솟아오르는 사원의 첨탑을, 겨울 바다의 물살을, 목덜미 위에서 바람에 떨리는 황금의 햇살과 그 햇살이 창조하고 있는 머리칼을, 덜 깬 잠 속에서 꿈과 생시를 드나들며 불가능한 모든 것이 생생한 풍경으로 변하는 것을…… 그 모두를 바라보는 내 기쁨, 내 유열의 핏줄 속에는 아를의 카페에서 흔들리던 예쁜 손들의 미소가, 페르피냥의 저녁 식당 문 앞에서 금발의 처녀가 우리들에게 던지던 눈빛의 인사가 잠겨 있다.

우리들은 밤의 어둠 속에서 스페인 국경을 넘었다. 첩첩산중 속의 세관에서는 졸린 듯한 세관원이 나의 여권을 보면서 이게 어느 나라 말이냐고 물었다. 그리고는 씩 웃으면서 "즐거운 여행을!" 빌어주었다. 어릴 때 할머니를 따라 진외가에 가던 태백산 속 좁은 길을 연상시키는 피레네의 협로들이었지만 잘 닦은 아스팔트 국도가 우리들이 탄 자동차 불빛 앞으로 융단처럼 펼쳐졌다. 그렇다. 우리는 스페인이 잠자고 있는 동안 그들의 땅속으로 잠입했다.

밤늦게까지 진종일 차를 달린 우리는 피로에 지쳐서 드디어 바르셀로나에 다 이르지 못한 대로大路에서 조금 비켜난 바닷가의 어떤 허름한 창고 옆에 차를 세우고 자동차 속에서 잠을 자기로 결심했다. 절벽의 저 아래는 이따금 검은 바다가 뒤채는 소리가 들렸고, 길 위로는 한참씩 요란한 빛을 번득이며 차들이 지나가는 소리가 사나운 짐승의 포효 같았다. 좁은 자동차 안에서의 그 선잠 속에서 나는 결국 고향에 다녀오지 못하였다.

첫새벽에 깨어나 우리는 다시 차를 달려 꿈속처럼 몽롱한 바르셀로나의 꺼먼 돌집들과 터널과 육교들을 지나 비행장에 도착하였다. 생각보다 주차료는 매우 싸고 그 절차도 간편하였다. 뚱뚱하고 눈썹이 검고 짙으며 의외로 키들이 작은 스페인 승객들 사이에서 잠시를 기다려 우리는 비행기에 올랐다. 키 크고 살결이 까무잡잡한 여자 승무원에게서 오렌지주스 한 잔을 받아 마시니 우리는 벌써 지중해의 한복판 상공에 와 있었고 또 금방 바다 한

가운데의 섬이 나타났다.

이비사 공항은 직사광선 속에서 마치 사막과도 같이 반짝였다. 공항 건물은 국제공항이라는 이름에 부합하는 현대식 건물이 아니라 눈이 아프도록 짙은 보랏빛 꽃과 등나무줄기가 뒤엉킨 꿈속의 작은 집이었다. 시골의 토담 벽처럼 외벽은 잔돌을 쌓아올려 지은 자연미로 그윽하였다. 마치 오랜 서울 생활 끝에 방학을 맞이하여 도착하는 시골 과수원 집의 안뜰처럼 서늘하고 한가하고 아름다웠다. 사람들은 모두 기쁨의 웃음으로 가득 차 있었다.

토담 벽의 그 아늑함과는 달리 건물 안은 정결한 초현대식 구조였고 공항 건물 앞에는 밧줄을 일걸어 발을 씌워 만든 커다란 그늘 속에 주차장이 마련되고 이비사 항구로 가는 택시들이 줄지어 기다린다. 비행장에서 약 십오 분, 황량한 벌판을 가로질러 가니 항구가 나타났다. 그곳 부둣가에 늘어선 카페와 음식점의 골목을 어슬렁거리며 우리를 마중 오기로 한 카트린을 찾았다. 문득 기선이 한 척 도착하면서 그 맨 앞에서 얼굴이 까맣게 그을린 카트린이 얇고 가벼운 흰옷을 나부끼며 우리들에게로 달려왔다. 영화에서나 종종 본 일이 있는 남태평양의 어느 섬에 가서 사는 흑백 혼혈아 같은 그 여자는 우리를 쉽게 발견한 것이 좋아서 어쩔 줄을 몰랐다.

이비사 섬에서 기선을 한 시간가량 타고 가면 나온다는 발레아르의 가장 작은 섬 포르멘테라에, 우리를 초청해준 엘렌의 집이 있었다. 그러나 그 친구들이 몇 년씩 걸려 손수 지은 바닷가의 오막살이에는 충분한 만큼의 방이 없었고 예고 없이 찾아온 다른 손님들 때문에 난처해진 상황이라는 소식이었다.

스페인어에 능통한 카트린은 온 사방을 수소문하더니 드디어 예약이 없이는 하늘의 별 따기보다도 어렵다는 호텔방을 하나 찾아내었다. 머리 긴 히피들로 골치를 앓고 있는 호텔 측은 일행 중에 아시아인이 끼어 있다는 말을 듣더니 얌전하고 이해력 많다고 정평 있는 아시아인이라면 방을 하나 비워줄 수 있다고 선뜻 응했다.

호텔을 찾아 언덕으로 오르는 동안 우리들은 각종 기념품과 가죽제품, 옷가지들을 자욱이 진열해놓은 아름답고 유쾌한 골목들을 돌아다녔고 붉은 피와 같은 즙이 흐드러지게 흐르는 특산물 오렌지들을 먹었다.

호텔은 동산 꼭대기에 있는 아담하고 하얀 별장 같은 집이었다. 온 항구가 굽어보였다. 마카로니 웨스턴이라고 부르는 이탈리아 영화에서나, 조형적인 화면으로 가득 찬 알랭 로브그리예의 〈에덴동산 그 후〉라는 영화에서 본 일이 있는 하얀 회벽의 집들만이 언덕을 뒤덮은 항구, 그 섬은 눈부시다.

목욕탕이 달린 그 호화로운 방은 한쪽이 바다로 열리고 다른 한쪽은 엄청나게 큰 무화과나무가 그늘을 드리운 뜰로 나 있었다. 세 끼의 식사를 포함하여 방값이 불과 우리나라 돈 약 이천오백 원이라기에 나는 잘못 알아들은 건가 싶어 몇 번이나 확인했지만 사실이었다. 오랜 독재정권의 위력을 과시하고 있는 프랑코 정부는 장기적인 관광사업의 토대를 위하여 일정한 정부 고시의 가격을 정해놓고 그 이상을 받지 못하도록 엄격히 통제하고 있었다.

호텔 옆에는 전용 나이트클럽이 숲 속에 별장처럼 잠들어 있었고 절벽 계단을 따라 내려가면 호텔 전용 해수욕장이 우람한 바위의 절벽 밑에 오목하게 나 있어서 바닷바람으로부터 보호를 받고 있었다. 상상할 수도 없을 만큼 저렴한 가격이라 식사가 오죽하랴 생각했으나 바닷가 절벽 위에 마련된 호텔 전용 식당의 테라스 위 지정된 테이블에 차려지는 식사는 정성스럽고 따뜻하고 푸짐하였다. 프랑스의 것보다 좀더 독한 13도가량의 스페인 포도주는 포르토의 맛이 나는 특이한 것이었는데, 잘 닦은 유리잔 속의 검붉은 술 빛과 그 너머 발아래로 내려다보이는 푸른 바다, 그 두 개의 도취감을 연결하는 바람과 더불어 낙원을 실감하게 한다.

호텔에는 유럽의 다른 해안과 달리 늙고 돈 많은 미국 관광객, 또 가족 관광객들이 드물고 모두 젊은 여행자들이어서 더욱 신선하였다. 여행중에 아무리 즐거운 곳이라 하더라도 이미 청춘이 다한 늙은이들만이 돈으로 청춘까지 사려고 안간힘을 쓰고 있는 사이에 끼어 있고 보면 일찍부터 양로원의 서기 자리에 취직한 기분이 들어 울적한 법이다. 그러나 가진 것 중에 무엇보다 자랑스러운 것은 튼튼한 몸, 틀에 박히지 않은 자유, 쉬 떠나고 쉬 머무는 역동성, 그리고 세계를 한가슴에 다 품을 수 있는 젊음이라는 듯이 허름한 블루진을 걸치고 큼지막한 입술이 가슴팍에 그려진 엷은 셔츠 차림으로 언제나 밝게 웃는 그 젊은 사람들 사이에 섞여 있으면 나의 마음과 몸이 해풍처럼 가벼워진다.

첫날밤 우리는 넥타이를 매지 않고 짧은 바지를 입고 참석할 수 있는 이비사 항구 타베른의 무도회에서 밤늦도록 춤을 추었다. 열어놓은 창문으로 저녁 바람이 간단없이 드나들었고 진종일의 햇빛 속에 익은 몸들은 뜨거웠다. 어둠 속에 춤추는 젊은 남녀들의 얼굴이 간간이 비치는 불빛에 꽃같이 번쩍거렸다.

"파도바니의 해변에서 무도회장은 매일같이 문을 연다. 엄청나게 큰 네모꼴의 무도장에서 가난한 젊은이들이 밤까지 춤을 춘다. 나는 거기서 여러 번 그 이상한 순간을 기다리곤 했다. 낮 동안 홀은 빗겨 세운 나무판자로 보호되어 있다가 햇빛이 사라지면 사람들은 그 판자를 치운다. 그러면 홀 안은 하늘과 바다로 된 이중의 조개껍질 속에서 태어난 야릇한 초록빛으로 가득 찬다. 창가에서 멀리 떨어진 곳에 앉아 있노라면 오직 하늘만이, 그리고 실루엣의 그림자로 돌아가고 있는 춤추는 사람들의 얼굴들이 나타난다. 때로는 왈츠가 연주된다. 그러면 초록빛 바탕 위에 검은 프로필들이 집요하게, 마치 레코드판에 오려붙이곤 하는 실루엣 그림들처럼 돌아간다. 밤이 쉬 찾아오고 그와 함께 불이 켜진다.

그러나 그 미묘한 시간 속에서 내가 발견하는 투명하고 미묘한 영상을 나는 그릴 수가 없다. 나는 오직 찬란하게 아름다운 키 큰 한 처녀가 그날 저녁 줄곧 춤추던 것만을 기억한다. 몸에 착 붙는 푸른 옷 위에 그 여자는 재스민 꽃목걸이를 달고 있었다. 옷은 허리에서 다리까지 땀에 젖어 있었다. 그 여자는 춤추며 웃어대었고 머리를 뒤로 젖히곤 했다. 그 여자가 테이블 옆으로 지날 때면 꽃냄새와 땀냄새가 뒤섞인 향기를 뒤에 남기곤 했다. 밤이 되자 나는 자기 파트너의 몸에 착 달라붙은 그의 몸을 분간해낼 수가 없었지만 하늘 위에서 흰 재스민꽃과 검은 머리가 교차하는 반점들이 돌아가고 있는 것이 보였다. 그녀가 부푼 그의 목을 뒤로 젖

힐 때면 그의 웃음소리가 들렸고 갑자기 몸을 앞으로 숙이는 그
녀의 파트너의 프로필이 보였다. 순진함에 대하여 내가 참으로
생각할 수 있게 되는 것은 그와 같은 밤 덕분이다. 격렬한 충동으
로 가득한 그 존재들과 그들의 욕망이 소용돌이치는 그 하늘을
나는 떼어 생각할 수가 없다." 파도바니에서도, 팔마에서도, 이
비사에서도, 지중해의 청춘은 대책 없이 행복하고 무작정 천진하
다. 그들은 모두 하늘과 바다의 아들딸들이기 때문이다.

이튿날 우리는 배를 타고 포르멘테라로 건너갔다. 시골의 어촌
같은 부두에 배가 닿자 우리는 곧 마중 나온 금발의 엘렌과 그의
딸 주느비에브를 만났다. 엘렌은 의상 모델 출신으로 일찍 결혼
하여 딸들을 낳았고 남편과 헤어진 후 모든 것을 걷어치우고 이
외딴섬으로 와서 집을 짓고 산다. 그 낯선 섬에서 그녀가 끌고 나
온 허름한 되슈보 프랑스 자동차는 섬의 풍경과 너무나 잘 어울
렸다. 그의 오막살이는 부두에서 똑바로 난 그 섬 유일의 포장도
로를 따라 약 십오 분간 달려가다가 오른쪽 얕은 바닷물이 파고
들어와서 만든 호숫가에 있었다. 식당용으로 지은 넓은 방 하나
뿐인 오막살이와 마당을 사이에 두고 건너편에 방 둘과 마루를
들인 집으로 구성되어 있었는데 특히 나는 그 아늑한 마당과 시
골 머슴방같이 구수한 맛이 나는 벽난로 옆의 식당이 좋았다.

큰 술단지에는 엘렌의 큰딸 주느비에브가 알리칸테 여행에서 이제 막 가져온 포도주가 넘쳤다. 주느비에브는 겨우 열두 살이지만 자신도 이젠 성숙한 처녀라고 여긴다. 수영복 차림으로 햇빛 속에 앉아 우리는, 매운 양념을 한 토마토즙과 함께 마시는 테킬라로 발레아르의 행복을 건배했다.

자동차로 불과 삼십 분이면 일주를 하는 작은 섬 포르멘테라의 해변에는 종종 외딴 하얀 집들이 나타나곤 했는데 대개는 화가들의 아틀리에였고 외따로 떨어진 어느 집에서는 한 스웨덴 화가가 개인전을 열고 있었다. 우리들처럼 가다가 드문드문 찾아드는 관람객들에게 포도주를 대접하는 그 여류화가는 다정하였다.

집으로 돌아오면서 우리는 잔솔밭에 들어가 마른나무를 잔뜩 해왔다. 푸른 눈의 엘렌은 몇 번이나 발레아르에는 겨울에 오는 것이 가장 좋다고 말했다. 그곳의 한겨울이야말로 인적이 끊어진 세계의 가장 찬란하고 아름다운 봄이며 보기 드문 꽃들이 만발한다고 설명하면서 아름다움 때문에 더욱 감당하기 어려운 외딴섬의 고독을 한순간에 다 사는 듯 속눈썹을 떨었다. "왜 푸른 산 깊숙이 사느냐고 물으면 그저 웃으며 대답하지 않으니 마음이 한가롭도다. 복숭아꽃 떨어져 흐르는 물에 실려 어디론가 떠내려가느니 외따로 떨어진 천지에 사람이 없구나"라고 이백李白은 산속에서(「산중문답」) 노래했지만 이곳은 지중해의 빛 밝은 바닷가이다. 아아, 어디다 부릴까, 이 두고 가야 하는 세계에 대한 나의 사랑을. 어디다 부릴까, 이 순간의 슬픔과 아름다움을.

나는 포르멘테라의 모든 꿈, 모든 사랑의 이야기를 이곳에 다 기록할 수가 없다. 밤의 호숫가에 해먹을 매어놓고 잠자다가 문득문득 바닷소리에 깨어나던 기억이며, 문득 찾아든 두 사람의 방문객, 특히 머나먼 동양에서 왔다는 방문객 앞에 몇 번이고 옷과 장식품을 바꾸어 차려입고 나타나 맵시를 부리고 얼굴을 붉히고 어머니의 눈길을 피하여 나를 훔쳐보던 열두 살짜리 주느비에브의 그 난처한 연정들을 나는 다 이야기할 수가 없다. 사실 주느비에브의 태도에 난감해진 나는 결국 엘렌에게 그 사실을 넌지시 알릴 수밖에 없었다. 아이 어머니인 그녀는 외따로 살고 있다보니, 모처럼 만에 남자들이 집을 방문하기만 하면 그런다면서 그냥 웃어넘겼다. 그리고 자상한 엄마답게 혹시나 너무 실망하거나 마음 상하지 않도록 따뜻하게 대해달라고 당부하는 것도 잊지 않았다.

포르멘테라에서 며칠을 그렇게 세계와 유리된 채 가족같이 보낸 후 이비사의 호텔에 돌아와서 지낸 일주일은 참으로 고즈넉한 휴식이었다. 호텔 앞 바닷가에 나가 누워서 시몬 드 보부아르의

『사물의 힘』을 다 읽었고 요코하마에서 온 일본 청년과 바다 건너 해수욕장으로 수영을 다니기도 했고 저녁의 방파제에 나가 그늘 속에 낚시를 던지는 사람들 사이로 산책도 했다. 마음이 그때처럼 평정되고 고요가 그때처럼 내 마음속에 훤하게 트인 공간을 만들어주는 일도 드물었다.

1935년 여름 카뮈는 그 방파제 위에 있었다. 그리고 거의 40년이 지난 후 나는 그곳에서 그 '초록색 저녁 속'에 잠겨 있었다. '삶의 기쁨'이라고 그는 발레아르의 시적 명상을 이름 지었다. 그렇다. 바닷바람과 소금과 햇빛의 냄새가 나는 삶의 기쁨을 이제 나의 살과 나의 젊은 몸이 만끽한다.

그것이 아마도 내 청춘 마지막의 지중해 여행이 될 것만 같은 슬픔을 간직한 채 나는 그 방파제, 그 바다, 엘렌, 카트린, 주느비에브와 작별하였다. 포르멘테라의 그 외딴집에 나는 어느 겨울 꽃이 피는 날 다시 돌아가고 싶다. 따뜻한 겨울, 따뜻한 바닷가에 그때는 벌써 참으로 처녀같이 되었을 주느비에브는 없을지도 모른다. 그러나 그 바다와 눈부신 보랏빛 꽃들은 여전히 거기 있으리라. 영원한 지중해의 봄을 남몰래 간직하면서. 그때 다시 가보고 싶다. 영원히 다시 가보고 싶다. 참으로 젊은 나의 땅을, 나의 바다를 영혼 속에 다시 껴안기 위하여.

"내가 찾는 비밀은 올리브나무들의 골짜기에, 잡초들과 차디찬 오랑캐꽃들 속에, 포도주 냄새가 나는 어느 해묵은 집 언저리에 깊이 묻혀 있네. 20년이 넘도록 그 골짜기를, 그와 닮은 모든 골짜기들을 헤매어다니며, 나는 말 없는 강낭콩에게 물어보았네. 사람이 살지 않는 폐허들의 문을 두드려보았네. 때로는 아직 훤한 하늘 속 첫번째 저녁 별이 떠오르는 시각에, 여린 빛이 비 오듯 내리는 때, 나는 그 비밀을 알고 있는 것만 같은 적도 있었네. 사실은 나는 벌써 알고 있는지도 모르네. 그러나 아무도 그 속 깊은 비밀을 원하지 아니하고, 어쩌면 나 자신도 원치 않는지도 모르지만, 그래도 나는 나의 비밀들과 헤어질 수는 없네. 부유하고 추악한 도시들, 돌과 안개로 지은 도시들 위에 군림한다고 여기는 내 가족들 속에 나는 살고 있네. 밤이나 낮이나 그네들은 목소리 높여 말하고 모두가 그들의 앞에는 몸 굽혀 양보하지만 그네들은 그 무엇 앞에서도 지지 아니하니, 모든 비밀에는 하나같이 귀가 먼 이들. 그러나 나를 격려하는 그네들의 힘도 내게는 귀찮은 것, 그네들 드높은 목소리도 더러는 내게 따분해지네. 그러나 그들의 불행은 나의 불행, 우리는 같은 핏줄. 나 또한 불구가 되어, 공범자 되어, 떠들썩하게, 돌자갈의 사막에서 절규하지 않았는가? 그리하여 나 또한 잊으려 애쓰며, 무쇠와 불의 도시를 헤매어다니며 용감하게도 어둠에 웃음 짓고 폭풍우에 고함치며 언제나 변치 않는 마음이리. 과연 나도 잊어버렸네. 이제는 힘차고 귀먹은 채 잊어버렸네. 그러나 아마도 어느 날, 피곤과 무지로 하여 우리들이 죽음의 채비를 하는 때가 오면, 나는 우리들의 저 시끄러운 무덤에 체념하고 돌아가, 저 골짜기, 언제나 변함없는 빛 속에 가서 사지를 뻗고 누워, 내가 이미 알고 있는 것을 마지막으로 다시 한번 배울 수 있으려나."

지중해는, 빛 속의 지중해는, 바람 속의 올리브나무 골짜기는, 모든 것의 출발이다. 그리고 그것은 또한 모든 것이 이르는 목적지이다. 그곳에 삶의 씨앗이 있고, 그 씨앗을 두꺼운 죽음이 감싼다. 모든 떠난 자들은 그곳으로 돌아온다. 모든 돌아온 자들은 그곳에서 떠나보낸다. 그래서 그 햇빛, 그 바람, 그 나무, 그 돌들의 시원 지중해는 덧없고 행복한 생명들의 '중심'이다. 모든 '중심'이 그러하듯 일몰의 시각이 다가오면 지중해는 둥글게 둥글게 익는다. 붉게, 뜨겁게 익는다. 그 생명의 과일이 익는 시각, 아! 우리는, 우리가 이미 알고 있던 것을 마지막으로, 그리고 비로소 배운다.

해 질 녘, 초록색의 황혼 녘, 바닷가에 서면, 눈을 감아야 참으로 보이는 나의 별, 잘 익은 과일, 하루에 한 번 익은 지구가 비로소 내 가슴에 깊이깊이 들어앉는다. 내가 그 별 속에 살고, 그 별이 나의 속에서 천천히, 그러나 확실하게 자전을 시작한다.

당신은 혹시 보았는가? 사람들의 가슴속에 자라나는 그 잘 익은 별을. 혹은 그 넘실거리는 바다를. 그때 나지막이 발음해보라. "청춘." 그 말 속에 부는 바람 소리가 당신의 영혼에 폭풍을 몰고 올 때까지.

지중해, 내 푸른 영혼

행복의 충격

ⓒ 김화영 2012

1판 1쇄 2012년 7월 15일
1판 8쇄 2016년 8월 5일

지은이 김화영
펴낸이 염현숙

책임편집 강윤정 | 편집 김민정 김필균 김형균
디자인 송윤형
마케팅 정민호 박보람 이동엽 | 홍보 김희숙 김상만 이천희
제작 강신은 김동욱 임현식 | 제작처 영신사

펴낸곳 (주)문학동네
출판등록 1993년 10월 22일 제406-2003-000045호
주소 10881 경기도 파주시 회동길 210
전자우편 editor@munhak.com | 대표전화 031) 955-8888 | 팩스 031) 955-8855
문의전화 031) 955-3576(마케팅) 031) 955-2678(편집)
문학동네카페 http://cafe.naver.com/mhdn

ISBN 978-89-546-1874-8 03810

www.munhak.com